La saveur des derniers mètres

Du même auteur

Dahij, Gallimard, 2009

105 rue Carnot, Mémoire d'encrier, 2011

Méditations africaines, Mémoire d'encrier, 2012

Afrotopia, Philippe Rey, 2016

Habiter le monde, Mémoire d'encrier, 2017

Écrire l'Afrique-Monde. Les Ateliers de la pensée, collectif sous la direction d'Achille Mbembe et Felwine Sarr, Philippe Rey/Jimsaan, 2017

Ishindenshin, Mémoire d'encrier, 2017

Restituer le patrimoine africain, avec Bénédicte Savoy, Philippe Rey/Seuil, 2018

Politique des Temps. Les Ateliers de la pensée, collectif sous la direction d'Achille Mbembe et Felwine Sarr, Philippe Rey/Jimsaan, 2019

Felwine Sarr

La saveur des derniers mètres

Philippe Rey

Les mots suivis d'un astérisque sont expliqués
dans le glossaire en fin d'ouvrage.

7, rue Rougemont – 75009 Paris

www.philippe-rey.fr

À Iman Khalifa

Elles marchent sur les eaux

5h30 du matin. Nous n'avons pas trouvé de pain la veille. Un peu de café et un verre de lait caillé sucré pour commencer la journée. Nous attendons à Moûssa Diagne le piroguier, un certain Ndour, qui est en retard. Une autre pirogue est déjà sur place. Deux jeunes Françaises, sacs en bandoulière, précédées par un guide, déboulent avec un grand « *Salamaleikoum* » aux lèvres : une visite dans les *bolongs** probablement organisée par un tour-opérateur de l'autre côté de l'océan. Un moteur de quarante chevaux se fait entendre. Le Vieux remarque que le courant du bras de mer a changé de direction. Il se rappelle qu'il venait pêcher ici jadis avec Adama Sagar. Un filet, une bassine, et les voilà déversant des kilos de poissons à Boussoura.

Il est 6 heures. Nous prenons les *bolongs**. Beauté à couper le souffle. Une prière semi-silencieuse que je formule quotidiennement à cette heure ; mais, peu à peu, les mots de la litanie s'estompent, deviennent superflus, et la contemplation silencieuse de la majesté de la nature tient lieu de prière. La pirogue glisse, frôle la mangrove, s'enfonce dans les sinueux *bolongs** dont la carte est gravée dans la tête de mes deux accompagnants : le Vieux colonel et Salif Mané. Les îles de Diogane, Bassar, Thialane et son pont où l'on ne pratique pas la prière musulmane. Le génie des lieux l'interdit. Qui s'y risque à cet endroit précis se verra culbuté en mer.

Il est 7 heures, l'esprit se rend lucide, c'est l'heure habituelle de *zazen*. Je redresse un peu le dos, et le laisse vaquer, d'une pensée à l'autre, sans fil à la patte. *Zazen* dans la pirogue. Les Japonais m'apprennent qu'il faut redresser le dos, l'aligner à la nuque afin que l'air circule et que la partie inférieure du cerveau soit irriguée : condition de la lucidité sur soi, la posture doit être bonne et exclure l'imposture. Chez les musulmans, on incurve le corps pour accueillir la parole de Dieu ; les noms de Dieu que l'on répète un nombre de fois fixé par une science qui m'échappe. Le *zikr* se fait souvent assis, recroquevillé, incurvé, parfois même il est rythmé par un léger dodelinement de la tête ; former une concavité vide afin de faire sourdre le nom d'un point de conscience plus profond que le langage. Quête de l'échappée de soi, atteindre ce point où tous les centres de conscience se rejoignent. Ce fil qui relie les centres à l'échelle de Jacob qui monte aux cieux.

Nous sortons sur le grand bras de mer. Un soleil qui écrase le fond du crâne. Lecture d'Amartya Sen, *L'Idée de justice*. Limpidité, pédagogie, humilité et pertinence. Après deux heures de mer, nous arrivons à Bassoul. Un petit ponton, une allée, un panneau indiquant le nom de l'île. À droite, Mbin Maadu Juff. Sur le wharf, nous sommes accueillis par Lamine Sarr, Maadu Juff et quelques dignitaires. Ils nous emmènent chez l'imam à qui notre visite a été annoncée. La mosquée, le cimetière et le *pangool** se font face sur une petite place, et forment un triangle d'une intense énergie. Salamalecs dans les concessions, « *mbaldo nu mbédé jam* ». Nous sommes reçus assez officiellement au premier étage d'une masure par l'imam et tous les dignitaires de l'île. Présentations, échanges de paroles essentielles. J'écoute. Le but de notre venue est rappelé. Les chasseurs de lamantins, rompus aux savoirs de la mer, ont prévenu que les eaux déferleraient sur les îles de Niodior et de Dionewar. Que celles-ci pourraient être englouties si les maîtres de la mer, les *Jaxanora*, n'agissaient pas. Le plus ancien de la lignée se trouvant à Bassoul, il doit autoriser les femmes à aller au sanctuaire. Maadu Juff annonce que les femmes iront sur l'île de Kooko invoquer Sangomar : un kilo de kola par jour. Mais elles devront y aller à pied. Elles devront traverser la baie de Soonane et ensuite marcher sur les flots jusqu'à Sangomar. La veille, à Boussoura, je suis assis avec mes cousins et oncles autour d'un petit fourneau. Nkot Dam, l'un des lutteurs de la concession, pas le plus talentueux ni le plus fameux, arrive, s'assied, et feint de ne pas me voir. Abdou Fall lui demande : « Dis-moi, Nkot Dam, penses-tu que le vainqueur d'un combat de lutte est celui qui est allongé, dos au sol, en dessous de l'autre lutteur ? *Gen ni fit fanéwo waay*[1] *!* » Sur le chemin du retour, je pense à ces habitants des îles et aux qualités que leur impose leur géographie. Il a certainement fallu la témérité d'un premier Homme pour se lancer avec une barque ou un radeau de branchages dans le franchissement de la mer.

Le chemin vers Djifère et le large est pris quotidiennement par ces femmes et ces hommes depuis des siècles, avec des pertes, certes, mais ils continuent à l'arpenter, car il faut sortir de l'île. Ici, la journée commence à l'aube, dès que point le jour, pour profiter au maximum de sa lumière, afin qu'elle éclaire les ouvrages qui ne peuvent se faire que diurnes. L'efficacité doit être maximale. La pêche, elle, peut être nocturne. L'ardeur au travail est une vertu première. Après plusieurs heures en mer, nous approchons de Niodior. Nous abordons la baie de Soonane. Vite, dérober le miracle à la vue des humains. La scène n'a duré que quelques minutes, une colonne de femmes glissant sur les eaux ; une scène aussi réelle que sa perception hésitante semble irréelle. L'esprit met du temps à assimiler cette vision engrammée impossible dans le subconscient. La difficulté se trouve sûrement là : ce que la culture considère comme hors de portée, même

1. « Raffermis ton courage, *waay* ! »

lorsque cet *impossible* décrété se réalise sous nos yeux, l'esprit entravé a du mal à le reconnaître. Ces femmes de Niodior allant sur l'île de Kooko marchent littéralement sur les eaux. Elles connaissent, à marée haute, le chemin de la marée basse. Une science sûre, acquise depuis des lustres, qui les fait aller sur l'île de Kooko sans embarcation. Ici, le pagus n'est pas un champ de luzerne, mais l'informe de l'océan. L'unité de la perception, pas ce carré cultivé et strié par le soc de la charrue, mais l'immensité des flots. Aussi, elles apprennent à les connaître, à composer avec ses humeurs, ses marées, à repérer dans le plein ses espaces vides, la taille des barres, à voir là où la marée haute ne submerge pas, à trouver les chemins de la mer. Pour revenir, elles attendront le moment du reflux, chargées de seaux de mollusques décrustés de la vase, le dos courbé et le corps à demi plongé dans la mer.

La trouée est toujours d'imaginer : il est possible de…

Mawanda Road

Kampala, 22 août 2016

Je suis arrivé à Kampala hier à 4 heures du matin environ. Long voyage. Presque vingt-quatre heures. J'avais quitté la veille mon appartement de Mermoz à 5 h 30 du matin pour être à l'aéroport Léopold-Sédar-Senghor à 6 heures. Escale à Addis-Abeba de deux heures trente. L'avion d'Ethiopian Airlines qui m'emmène transporte des pèlerins allant à La Mecque. J'ai observé les hôtesses, leur art de travailler tout en refusant d'être authentiquement serviables. La sécheresse dans la voix lorsqu'elles vous demandent ce que vous souhaitez boire ; le mépris sophistiqué exprimé juste à la lisière du geste. Rien que vous puissiez leur reprocher formellement, mais ce manque d'engagement, de chaleur, ces œillades subtilement méprisantes adressées à ces passagers qui, pour la plupart, effectuent le premier et grand voyage de leur vie. Même cirque chez les hôtesses d'Air France s'adressant aux immigrés partant en vacances. Tout dans l'attitude indique que, malgré le service qu'elles effectuent, ces gens-là ne sont, dans leur entendement, pas de la même engeance qu'elles. Les autres, multipliant demandes et exigences, indiquent qu'ils ont payé cher leur billet d'avion et qu'à ce titre ils doivent être servis convenablement. J'en arrive à me demander si, dans leur formation, ces dames n'ont pas pris des cours de « service tout en maintenant la distance », dont elles ont perfectionné l'usage par la pratique et l'expérience. Souvent, lorsque des gens qui n'ont pas choisi d'être ensemble se retrouvent dans l'espace confiné de l'avion et doivent cohabiter pendant des heures, ils déploient des trésors d'ingéniosité pour ne pas se mélanger et faire communauté, pour maintenir les distances, les hiérarchies, les distinctions et les supposées différences de classe sociale.

Un sandwich dans une brasserie, le London, à l'aéroport d'Addis. La chaleur d'un service, d'une voix, d'une présence. Un café éthiopien pour tenir la distance. Nous arrivons à Entebbe vers 2 heures du matin et traversons la ville en voiture au milieu de la nuit. Pas vu grand-chose, mais il m'a semblé qu'il n'y avait pas grand-chose à voir. Des rues qui montent. Ici, les voitures ont le volant à droite et les gens conduisent à gauche, ils doublent à gauche. Étrange sensation. Sur les voies à double sens, la voiture d'en face arrive sur votre gauche. Après tout, ce n'est qu'une convention, on finit par s'y habituer. Un zeste d'ambiance british greffé sur une ville africaine de ce début du XXIe siècle. Des *malls* côtoient de petites échoppes, des salons de coiffure, des gargotes, et tout un tas d'entreprises dites informelles ont pignon sur rue.

La partie de Kampala où se déroule le festival « Writivism » est calme. De grandes artères donnent sur une colline flanquée d'un bidonville qui contraste avec un centre-ville classique, occupé par de grands bâtiments administratifs, des sièges d'entreprises multinationales; des boîtes de nuit, un terrain de golf et des pelouses taillées. Je me demande où vivent les gens.

La façon dont les habitants d'une ville, celle dont ses classes laborieuses sont habillées en dit long sur la manière dont la richesse du pays est répartie. Il n'est point besoin d'indicateurs économiques pour comprendre. Les policiers aux carrefours, leur tenue vestimentaire et leur attitude, leur niveau de rigueur; les règles de la circulation, leur respect, la qualité du service et de l'accueil dans les commerces et les restaurants; la couleur et la texture des vêtements, leur port… Tout cela renseigne sur le niveau de conscience de soi, de discipline, d'élégance, de culture, d'appropriation de l'espace. Des marques préemptent les corps des pauvres et en font des supports publicitaires. T-shirts MTN jaune et bleu arborés par des femmes qui vendent au bord des trottoirs et par les joggeurs occasionnels.

24 août

Une sente en argile rouge craquelée qui monte. Un soleil capricieux. Un agent de sécurité avec un fusil à la crosse en bois (AK-47) qui n'a pas fière allure. Un téléphone qui ne sonne pas. De longues nuits de sommeil. De l'espace mental retrouvé. Une fatigue que je cure et que j'extirpe de mes plus intimes replis. Les voix intérieures qui remontent. Celles, lointaines, affleurent. Kampala me rend à moi-même. Les ailleurs me rendent toujours à moi-même. Ici, dans ce lointain, pas loin du lac Victoria, je me reconnecte avec une partie de mon histoire ancienne en lisant *L'Ombre des Guelwaars*, de Dominique Sarr. La princesse Ténemba et sa fille Balaaba née dans la grotte, la mère des Nianthio du Gabou. Je suis un homme qui, avec l'âge, s'enfonce dans la solitude. C'est le prix de la *désa-dhérence* et de la fécondité.

Une piste cahoteuse en latérite qui monte vers la route principale, Mawanda Road. Un tord-cheville sur lequel j'exerce une agilité de *budoka*. Des motos qu'ils appellent ici *boda-bodas** déboulent de partout. Les femmes qui se font transporter par elles ne les enfourchent pas. Elles sont assises de travers, les deux jambes sur le même côté. Peut-être refusent-elles l'intimité que l'enfourchement de la moto et la proximité des corps imposent. Elles sont posées comme des fleurs que l'on transporte précautionneusement.

Les centres-villes modernes sont à peu près tous les mêmes. Des centres commerciaux où toutes les commodités sont offertes à ceux qui en ont le pouvoir d'achat. Vêtements, restaurants, supermarchés, tous organisés de manière identique ; même accueil du vendeur, même sourire commercial. Les élites sont toutes les mêmes, où que vous alliez, habillées pareillement, satisfaites d'elles-mêmes, étalant bien-être et bonheur familiaux autour de tables bourdonnantes des cris de leurs gosses rondelets et mal dégrossis, vous jetant ce regard de connivence devant leurs effronteries, quêtant un sourire complice de votre part. Les mamans ne m'aiment pas, je ne souris jamais aux bizarreries de leurs gamins, lorsque ceux-ci sont mal élevés. Ces gamins qui ne répondent plus à votre salut lorsque vous rendez visite à leurs parents, car absorbés par leurs tablettes, consoles ou Smartphones ; et que les parents rappellent mollement à cette obligation minimale de civilité qu'est le bonjour, tout en vous jetant avec un haussement des épaules : « Vous savez, ils sont tous comme ça, quand ils sont sur leurs jeux, ils ne nous écoutent plus… »

Des Indiens du Gujarat sont présents dans cette ville, ils y tiennent des commerces florissants, emploient la population locale. Ils arborent la même moue distante, parfois hautaine, que celle de certains Libanais en Afrique de l'Ouest. Là aussi, la distinction sociale est de mise, on ne se mélange pas, à quelques exceptions près, ces communautés sont insulaires, vivent entre elles, se marient entre elles. C'est comme cette femme à l'aéroport d'Entebbe : une Arabe du Yémen ou des Émirats qui refuse de parler aux agents de l'aéroport. Elle leur tend ses documents et ne pipe mot. Les agents lui parlent, elle ne répond pas, ils lui expliquent les règles et lui enjoignent de les respecter, elle ne bronche pas, n'acquiesce pas, n'interagit pas, le tout est dans l'art de ne pas entrer en communication. Parler, c'est déjà reconnaître l'autre.

Lisboa

18-21 avril 2017

Une douce lumière dès les premières heures du jour enveloppe la ville. Moins irradiante que celle d'Alger. Hier, je me suis promené sur l'avenue Roma. Murs décatis, peinture défraîchie, petits restos modestes. Une ville qui ne resplendit pas. La crise est là. Plus que la crise, une lente dérive vers le crépuscule. Quelque chose de l'ordre de la flamboyance et du crépitement a disparu. Les visages, les corps, les habits ont le port terne et disent le consentement à la pénombre. On ne voit pas cela dans les villes africaines dites pauvres. On y sent la vie palpiter, resplendir, la beauté vous héler au coin de la rue. J'entre dans un magasin pour acheter une chemise bleue. Après une légère hésitation, je suis accueilli comme un messie. Peut-être suis-je le premier client de la journée et le seul du jour à tenir. La dame me demande si je suis anglais, je lui réponds que je viens du Sénégal. Elle, une Portugaise bon teint, me répond qu'elle vient du Mozambique. Je me rappelle qu'il y a des Africains de peau blanche et d'ascendance européenne. Nous sommes alors frères africains, dis-je. Elle sourit. Finalement, je lui prends deux chemises bleues, une claire et une foncée.

18 h 30, la lumière toujours aussi douce se retire peu à peu. Le pouls de la ville bat au ralenti. Je ne suis pas attiré par les lieux, lorsque j'arrive dans une ville, je ne cours pas visiter les endroits à *absolument* voir. Je le suis par les personnes que j'y rencontre. Je suis venu parler d'Utopie, invité par le théâtre Maria-Matos. À midi, une belle conversation avec Liliana Coutinho, qui m'a fait venir après avoir lu *Afrotopia*, qu'elle a vu dans une vitrine à Paris. Au menu de la conversation : utopies, philosophie, esthétique, Afrique, Amérique latine, arts martiaux, imaginaires. Partout dans le monde, des femmes et des hommes de bonne volonté travaillent à maintenir la lumière allumée. J'en ai rencontré à Alger, à Lannion, à La Villette à Paris, à Ouaga, et ici, à Lisbonne. Je fais l'expérience des villes par leur intensité et leurs condensations, je m'exerce à les sentir par leurs points de vibration : les passants d'une rue, leur cadence rythmique, l'allure des policiers, le verbe haut ou mezzo.

Deuxième jour. Ce matin, après avoir fini de relire les actes d'*Écrire l'Afrique-Monde*, je décide d'arpenter l'autre côté de l'avenue Roma, de m'y promener une heure avant de venir réattaquer ce texte que j'ai promis à Léonora Miano pour son ouvrage collectif *Marianne et le garçon noir* et sur lequel je peine. J'ai aussi les thèses d'Adama Faye et d'Ahmed Sagna que je dois continuer à lire avant la conférence prévue à 18 heures. Toujours cette belle lumière, des petits restaurants-snacks et des bars à tapas sur ce côté de l'avenue. Je m'arrête devant une pâtisserie, happé par la voix d'une chanteuse de fado qui s'échappe d'un haut-parleur. La musique me fixe sur le bitume. Je l'écoute. Elle dissout l'atmosphère maussade de cette rue. Sa poésie transforme l'instant vécu. Je pense à mon père qui, au Darfour, en pleine crise, alors que les armes à feu crépitaient, s'était arrêté pour finir d'écouter dans sa tente *Sirata* d'Habib Koité, avant d'aller intervenir avec ses Casques bleus pour arrêter les combats entre deux factions. Il avait décidé, ce jour-là, que la laideur n'empêcherait pas la beauté de se dire.

Je reprends mon chemin avant la fin de la chanson et décide de quitter la beauté au cœur de sa gloire. J'entre dans un centre commercial. Modestie des espaces : petites boutiques, peu de choses à vendre, pas de clinquant, rien de l'agressivité des centres commerciaux de cette ère capitaliste de consommation de masse. Pas de produits en profusion. Quelque chose dit ici le consentement à la modestie, une sobriété pas heureuse, puisque non choisie. Même les sourires des vendeurs sont réservés.

18 h 30, dans une belle salle du théâtre Maria-Matos, la conférence commence. Trente minutes d'exposé, un

dialogue avec la troupe de Monica et une heure trente d'échanges intenses avec la salle. Les habitués du théâtre, des universitaires et artistes, des activistes de la culture, mais également des Afrodescendants d'origines angolaise, bissau-guinéenne, mozambicaine sont présents. Quelques-uns viennent de l'Amérique latine et disent ressentir une grande résonance avec les questions soulevées ici. Ils me demandent d'établir plus de ponts avec le sud de l'Amérique, nous partageons les mêmes défis. Quelques Sénégalais sont là, bien sûr, contents qu'un compatriote vienne ici parler de l'Afrique en ces termes. Le soir, nous dînons avec Marc, le directeur du théâtre, Liliana la programmatrice et Mamadou Ba, un Sénégalais vivant à Lisbonne et très engagé dans les mouvements associatifs antiracistes. L'atmosphère est conviviale, mes hôtes sont heureux de la séance de tout à l'heure. Marc est belge et vit ici depuis plus de vingt ans, il est donc devenu lui aussi portugais. On parle du nouveau gouvernement de gauche, de la politique culturelle du pays, de la déclaration problématique du président portugais sur l'île de Gorée où il s'est rendu récemment. Je rentre un peu fatigué mais rasséréné. On a une heure de décalage. J'appelle Siid. On parle longuement.

Troisième jour. Mara Lodmell vient me chercher. Une forte recommandation de Coumba Dieng, mon amie romaine qui passe sa vie à faire se rencontrer les âmes et les esprits. Mara vit ici depuis quinze ans avec son époux et ses cinq enfants, elle connaît la ville, parle portugais, et tient une boutique de vêtements et d'art du continent. « C'est une excellente vitrine pour l'Afrique, me dit Coumba, tu verras. » Nous n'allons pas à la boutique, Mara décide de me faire visiter une autre Lisbonne. Elle déborde d'énergie et d'intelligence. Je suis toujours fasciné par ce que ce pays (le Sénégal) est capable de produire en termes de diversité d'individualités et de parcours, tout en imprimant sa sénégalité fondamentale en chacun de nous. Mara a vécu longtemps aux États-Unis et en Amérique latine, mais garde ce sens profond de l'hospitalité et du soin dû à la relation humaine, que le pays enseigne. On monte à São Cristovão e São Lourenço dans un restaurant mozambicain où elle a ses habitudes. Les serveurs, des Mozambicains vivant à Lisbonne, la connaissent bien et sont heureux de nous servir. Je me sens à la maison. La discussion d'hier au théâtre continue. Mara avait gardé ses questions pour ce tête-à-tête. Ensuite, nous descendons dans le centre-ville, passons devant l'ancienne maison de Pessoa, Antiga Casa Pessoa à São Nicolau. Je pense au *Livre de l'intranquillité* et aux *Poèmes païens*. Je passe un bel après-midi à Lisbonne. La *teranga** sénégalaise au cœur de la péninsule Ibérique.

Quatrième jour. Celui de mon départ. Ce matin, je reprends l'avenue Roma. Y repasser encore une dernière fois. Peut-être que mes sens m'ont trompé l'autre jour. La Lisbonne que j'ai vue hier m'a ravi. Épaissir l'intensité de la perception, la densifier. Je remonte l'avenue jusqu'à une église blanche qui fait face à une petite place. Un pèlerinage pour les cent ans de l'apparition de la vierge de Fátima est annoncé. Celle-ci est apparue le 13 mai 1917, à six reprises, à trois enfants dans ce village du centre du Portugal. Je prends à droite l'avenue Guerra-Junqueiro. La plaque sur le mur indique que Junqueiro fut poète. Quelque chose dans l'atmosphère m'interpelle et puis, lentement, me touche. La beauté finit par me trouver. À force de la chercher, elle a décidé de pointer son nez sur cette place. Lisbonne vaut bien une messe. J'entre dans le cloître et fais face à la Sainte Vierge. Je n'ai rien à lui demander. Sa présence sereine suffira.

Mexico, Cuernavaca, Tepoztlán

3-8 septembre 2018

J'arrive à Cuernavaca en fin de journée avec José Henrique Tron qui est venu me chercher à Mexico vers midi. Mexico est une ville qui a du caractère. Des avenues larges et spacieuses, des arbres, des parcs, une architecture mêlant plusieurs styles et époques, un espace public pleinement habité par ses habitants et leurs différentes expressions culturelles. Une mosaïque de peuples : des Indiens, Mayas, Nahuas, Toltèques. L'influence de la colonisation espagnole et la proximité des États-Unis. Au Palacio Nacional, les fresques murales de Diego Rivera reviennent sur l'histoire du Mexique et de son peuplement. La dernière fresque met en scène un esclave noir que l'on marque au fer. Plus loin, dans la murale, des esclaves noirs pendus aux arbres. *Strange fruit*. Ici aussi, on a nié l'humanité des Africains.

Une visite du musée d'Anthropologie me plonge dans l'univers perdu des Mayas, des Aztèques, des Toltèques : la grandeur et l'ingéniosité de leurs civilisations.

Tepoztlán, un village niché dans la vallée au pied de la montagne, après Cuernavaca, dans l'État de Morelos. Des ruelles qui montent, comme à Lisbonne. Un monastère du XVIe siècle. Au sommet, El Tepozteco, le temple en l'honneur de Tepoztécatl, le seigneur de la montagne qui protégea ce sanctuaire naturel. Il est le fils du vent, et le médiateur entre le monde des esprits et celui des hommes. Dans la montagne, une voiture gravit une pente et ne voit pas ce qui arrive sur sa droite ; un vieil homme s'arrête et par des signes lui indique qu'elle peut passer. La solidarité des montagnards.

Je suis arrivé au Mexique il y a quelques jours. J'atterrissais à l'aéroport Benito-Juárez. Judith Butler m'a coopté dans le Critical South Editorial Board. Elle a décidé de travailler à rendre plus présente la pensée critique venant des Sud dans l'académie globale. Elle est secondée dans ce travail par son équipe de Berkeley, université de Californie : Breana, Natalia, Kathryn. Natalia est d'origine argentine, elle enseigne à Berkeley. Elle connaît bien la région et est d'une fine intelligence. Breana, qui maîtrise tout autant le Mexique, ne semble pas du coin. Elles sont toutes les deux d'une redoutable efficacité. Judith Butler a obtenu de l'argent de la fondation Mellon pour traduire et publier chaque année vingt-quatre ouvrages dans la maison d'édition Polity. L'idée est de donner une plus grande visibilité dans le monde académique anglo-saxon à la pensée critique provenant du Global South. Nous produisons des notes de lecture sur des textes dont nous pensons qu'ils doivent être versés au débat. Nous profitons du séjour pour organiser un minicolloque sur la psychopolitique à l'Université nationale autonome du Mexique (UNAM). Nous y arrivons en pleine crise. Une jeune fille a été tuée dans des conditions scabreuses et, lors de la manifestation des étudiants, des casseurs s'y sont mêlés et ont blessé deux étudiants à l'arme blanche. Ces casseurs appartiennent à des associations culturelles estudiantines qui règnent sur le campus. Les mêmes problématiques que dans nos universités ouest-africaines. L'UNAM a un grand campus avec un théâtre et des musées. En regardant la qualité de l'infrastructure, on sent qu'il y a eu une ambition pour l'enseignement supérieur dans cet État fédéral. Le Mexique est un pays qui connaît un niveau élevé de violence. Les manifestations dans le campus n'ont pas empêché la salle du séminaire d'être pleine. Rosaura Martínez qui l'a organisé, membre du *board*, enseigne ici.

J'y retrouve Jorge Tenorio, que j'avais rencontré à Dakar à la librairie Aux 4 vents, au rayon « Afrique ». Il me disait être un chercheur mexicain venu passer une année à l'université Cheikh-Anta-Diop ; qu'il avait monté un séminaire d'études africaines dans son université, où le continent était encore très mal connu.

J'arrive au Mexique au moment où Enrique Peña Nieto cède la place à Andrés Manuel López Obrador. La gauche populiste arrive au pouvoir. Ici, le président a un mandat unique de six ans. Depuis que ma vie a rejoint le tourbillon, c'est Barbara qui m'assiste, organise mes voyages et tient mon agenda. Son père, José Henrique Tron, que je n'avais pas encore rencontré, a gentiment proposé de venir me chercher à Mexico et de me montrer l'arrière-pays. Sur la route, il me raconte que son grand-père était français. Il venait des Alpes-Maritimes pour s'installer à Mexico. De la France, il a gardé la langue et un passeport. Lui est mexicain. José est à la retraite. Il fut économiste et a travaillé pour l'État dans différents ministères, à des postes de responsabilité, avant d'atterrir dans le privé. Il est d'une élégance et d'une générosité devenues rares, même un peu surannées. Depuis la lettre qu'il m'a laissée à l'hôtel dès mon arrivée, jusqu'aux messages WhatsApp, sa langue est faite de sollicitude et de prévenance. Il me raconte sur le chemin des pans entiers de l'histoire du Mexique. La conquête de Hernán Cortés, la guerre d'indépendance. Hidalgo, Morales et les autres. Le Mexique, semble-t-il, était deux fois plus grand qu'aujourd'hui. Le Nouveau-Mexique, le Texas, la Californie, la Louisiane, une partie du Nevada appartenaient au Mexique avant la guerre avec les États-Unis. Il me narre aussi l'arrivée de Christophe Colomb en République dominicaine. Apparemment, au début, Colomb ne savait pas que c'était une île. Ensuite, il s'est établi à Cuba avant d'arriver sur les côtes mexicaines.

Judith Butler est la grande philosophe spécialiste du genre, connue et respectée dans le monde entier. Elle a l'élégance des chefs qui savent se mettre en retrait. Dans les réunions de travail, elle écoute beaucoup et n'intervient qu'à des moments cruciaux pour refixer le cap. Une démonstration soignée qui évite l'argument d'autorité et qui rééquilibre les choses. Durant les repas, elle est serviable, aux petits soins avec tous. Beaucoup de gens veulent lui parler, mais elle sait distribuer son attention. À chacun, elle réservera un moment de conversation. Voici une des choses que j'ai aussi dû apprendre ces derniers mois : être beaucoup sollicité après une rencontre et rester attentif aux personnes ; veiller à la réciprocité dans le rapport. Venir à elles, comme elles viennent à toi autant que possible. Ne pas prendre sans donner en retour. Parfois, hélas, l'on doit se résoudre à l'asymétrie. Mais y veiller. Après le restaurant, nous rentrons à pied avenue Álvaro-Obregón, où nous logeons. Elle me rejoint et me dit combien elle a aimé *Afrotopia.* Elle l'a acheté à Paris et l'a lu. Ce qu'elle a aimé, précise-t-elle, c'est ce projet de créer un nouvel imaginaire en dehors des sentiers battus. Cette échappée belle.

Rosaura Martínez nous invite le deuxième soir chez elle. Chaleur et convivialité mexicaines. Ses enfants et son mari nous accueillent avec un grand sens de l'hospitalité. Ceci me rassure. Les Africains et les Latino-Américains ont gardé cette valeur. Les Européens l'ont, semble-t-il, un peu perdue.

Ce soir, dans ma chambre d'hôtel, j'écoute une playlist que j'avais faite à Nantes avec soin. Écouter de la musique est une cérémonie pour moi. La musique emplit la chambre de toute sa beauté. Je ferme les yeux et me laisse envahir par les brisures de sa nostalgie. Le temps est d'une texture particulière. La magie de la musique opère. Ici, en ce lieu, entre l'Atlantique et le Pacifique, elle a une saveur inoubliable.

Bonanjo

21 juin 2017

Nous arrivons à 3 h 40 du matin à l'aéroport de Douala. La dame jette un œil sur mon visa et me glisse mon passeport sans un mot. Je récupère ma valise assez rapidement. Le monsieur qui est venu me chercher est là. Je lui demande s'il avait été prévenu du retard du vol sur le tronçon Abidjan-Douala, initialement prévu à 19 h 30, et qui, finalement, est parti à minuit. Je ne vois pas le chaos que mon ami Andrew Biyong, rencontré fortuitement à l'aéroport d'Abidjan, m'a prédit. Andrew et moi avons fait nos études universitaires à Orléans. Nous avons aussi joué ensemble dans le groupe Dolé. Il fut un pianiste hors pair doté d'une belle sensibilité et un choriste doué. On l'entend dans l'album *Civilisation ou Barbarie* de Dolé. Il a fait des études de mathématiques et d'informatique, s'est retrouvé aux États-Unis et est devenu un brillant financier. Je crois qu'Andrew est bassa. Depuis quelques années, il cherche à se réinstaller sur le continent et explore différents pays pour évaluer les possibilités d'affaires en finance: le genre *private equity*, fonds d'investissement, etc. Après le Sénégal, l'Afrique du Sud et quelques autres pays, la Côte d'Ivoire semble cette fois lui offrir de belles occasions, mais il hésite encore. Ce n'est jamais facile de faire le saut. Je l'encourage à le tenter.

Les abords de l'aéroport sont calmes et la nuit est fraîche. J'entre dans la ville pendant qu'elle dort. Je peux la regarder sans qu'elle me voie et sentir son souffle apaisé, la douceur de sa nuit. Rouler dans des avenues fluides, deviner ses bâtisses, son atmosphère congestionnée ou aérée. Le réceptionniste n'est pas très alerte. L'heure tardive, sans doute. Il économise son verbe. Je dois demander s'il existe un wifi, avec ou sans code, où se trouvent les ascenseurs et l'heure du petit déjeuner. Informations généralement fournies promptement dans ces endroits qui ne vous accueillent courtoisement que parce qu'ils vous délestent le portefeuille. Le jour où l'extrême prévenance sera gratuite, sans prix, du simple fait de l'humanité de l'autre, est encore loin. Nous devons continuer l'œuvre d'humanisation. De 4 à 5 heures du matin, je tente de me connecter sur Internet, rien n'y fait, ça ne passe pas. J'abandonne. Je préviendrai demain matin Gnilane que je suis arrivé à bon port. Vers 10 h 15, je sors me promener. Mon premier contact de jour avec la ville et ce pays que je connais par son histoire, ses philosophes, ses écrivains, ses curateurs et cinéastes, et ses intellectuels parmi lesquels je compte de nombreux amis, notamment Léonora Miano, Parfait Akana et Achille Mbembe, avec qui j'organise les Ateliers de la pensée. Je descends l'avenue des Cocotiers, où se trouve l'hôtel au numéro 35. Une chaleur moite m'accueille. En face de l'hôtel, des vendeurs de puces MTN dans des kiosques, un centre de photocopies et quelques taxis garés. Ils sont jaunes, comme à Dakar. À droite, le cours bilingue A. Gouelle et une grande bâtisse blanche surmontée de barbelés. Je me dis que ce doit être une ambassade d'un pays occidental pour que la foule s'y agglutine comme ça, à l'entrée, sous ce soleil. Au bout de quelques minutes, je commence à transpirer. La chaleur est moite et l'air humide. Je dois parler ce soir à la galerie MAM d'*Afrotopia*, dans le cadre d'un festival organisé autour de l'Afrique à venir par Séverine Kodjo-Grandvaux et Marème Malong. Je rentre travailler un peu avant de rencontrer Séverine pour un déjeuner prévu à 13 heures. On déjeune au Boj, pas loin de l'hôtel, toujours dans le quartier de Bonanjo, une sorte de quartier résidentiel administratif où ont habité les cadres du régime à une époque. Je passe une partie de l'après-midi avec Lionel Manga et Daphné Ngallé-Miano, la petite sœur de mon amie Léonora. Ils me parlent de Douala vu de l'intérieur. La discussion dérive sur la rumeur de dévaluation du franc CFA de la CEMAC, la Communauté économique et monétaire de l'Afrique centrale. Daphné est banquière, elle connaît la question de la monnaie de l'intérieur. Il n'y a plus de réserves de change à la BEAC, la Banque des États de l'Afrique centrale. D'ailleurs, il paraît que les pays ne les ont jamais vraiment mutualisées, conformément au principe. Il n'y a pas longtemps, Christine Lagarde, la directrice du Fonds monétaire international (FMI), et Michel Sapin, le ministre des Finances de la France, sont venus leur recommander des mesures d'ajustement, autrement la dévaluation du CFA CEMAC s'imposerait à eux. La photo de famille immortalisant la fin du sommet était éloquente. On y voyait les ministres des Finances des six pays de la CEMAC encadrés par Christine Lagarde et Michel Sapin aux deux extrémités. Tout était dit : la mise sous tutelle et la relation asymétrique.

Rue Carnot, rue bleue

Février 2012

La rue Carnot est bleue. Un ciel d'été la recouvre de ses ailes. Elle grouille de cette foule éparse, élégante et occupée des quartiers d'affaires de Dakar. Je m'y enfonce de bout en bout au volant d'une voiture, un petit coup de frein devant le 105. J'y habitais il y a vingt-cinq ans. Elle n'a pas fondamentalement changé, cette rue de mon adolescence nichée au cœur du quartier du Plateau. Un resto un peu chic s'est installé, là où elle commence, en face d'une station-service. C'est une rue bourgeoise, longiligne, élancée par quelques buildings qui abritent appartements cossus et locaux d'entreprises.

Les deux centres culturels, le français au milieu de la rue et l'américain au bout, en sont les poumons ; la mosquée à l'angle de la rue Mohamed-V qui le vendredi déborde, tapissant la rue entière de nattes ; le cœur vibrant, et les indigents qui attendent ce jour de grâce, l'exigence d'humanité. Le dimanche, la rue se fait protestante dans un temple à son extrémité sud : musique, rythme, psaumes, élan vers l'infini. Les affluents de la rue Carnot, l'avenue Lamine-Gueye, la rue Félix-Faure, la rue de Denain et la rue Joseph-Gomis, déversent leurs alluvions sur cette artère trop proprette : tailleurs, marchands à l'étal, coiffeurs capverdiens, bistrots glauques, laveurs de voitures, querelles de voisinage.

Nous sommes un mois de février brûlant de l'année 2012. Un printemps un peu pressé d'arriver. Ce jour-là, après une prière à la zawiya El Hadj Malick Sy, la semaine d'avant, une grenade y avait été jetée, la rue bleue se pique d'un rouge vif et se mue en une ruelle de la bande de Gaza. Intifada. Désirs de démocratie. Un immeuble en chantier en face du 105, saturé de gravats, fait l'affaire des émeutiers. La police recule et se retranche rue Félix-Faure, dans la cour du ministère de l'Intérieur. Les commerçants baissent leurs rideaux mécaniques et cadenassent leurs trésors.

Vers la fin des années 1980, un groupe de jeunes, habitant le quartier du Plateau et fervents supporters de l'équipe de navétanes[2] Sandial, se faisaient appeler les « Aiglots ». L'une des activités favorites de ces petits voyous, un peu Robin des Bois, était de se saper et de

2. Les navétanes sont des tournois de football organisés dans les quartiers.

tenir les angles de rues. L'élégance devait se voir à heure fixe. Le dernier des Aiglots est toujours là, jean délavé, chaussures en daim rouge, T-shirt blanc à col en V. Le temps s'est arrêté pour lui. Une mélancolie sèche se lit dans ses yeux. Il tient toujours l'angle des rues Carnot et Joseph-Gomis. Blues. Élégance surannée.

J'erre dans la rue bleue et prends le temps à rebours. Je tente de mesurer la distance parcourue depuis. Dans la voiture, *A Kind of Blue*. La trompette de Miles, les roulements de Jimmy Cobb, le groove de Chambers et le sax de Coltrane emplissent l'air. J'ouvre la fenêtre, Bill Evans, Julian Adderley et Wynton Kelly se tiennent à la porte. *Blues* sur bleue, *All blues*, *Blue in green*.

Une rue est toujours un chemin. Des vies y stationnent en attendant leur envol. La rue Carnot est, ce jour-là, d'un bleu ciel profond. Les trompettes du temps de mon adolescence y grincent, bouchées. Pour moi, elle sera toujours plus qu'un espace de circulation ; le temps cristallisé de l'amitié et de la poésie en éveil, assis sur un banc en face de la porte arrondie du 105.

Trastevere

J'habite dans le quartier de Trastevere, « de l'autre côté du Tibre », qu'ils appellent ici Tevere. Rome est une ville debout sur ses ruines et ses souvenirs de grandeur. Le Tibre me fait l'effet d'un petit cours d'eau, Ovide l'avait agrandi dans mon imaginaire. Je visite la ville par une matinée pluvieuse. Le Colisée, le mont Palatin et le Forum se tiennent à quelques encablures. Les péplums et *Ben-Hur*, qui ont nourri mon imaginaire de combats de gladiateurs, se rappellent à moi quand je me tiens dans ce lieu où « ceux qui vont mourir te saluent ». J'arpente ces ruines et imagine en contrebas les enclos des bêtes, un peuple agglutiné sur les gradins, l'aristocratie aux premières loges, une fièvre qui saisit l'assemblée, les jeux, le cirque. Au bout d'une heure, je quitte le Colisée et prends une voiture pour le Vatican. Il pleut moins. Rome est enveloppée par une brume grisâtre qui, avec la couleur du Tibre, teinte mon humeur. Un rabatteur bengalais me cueille à la descente du taxi et me propose une formule qui me fera éviter les trois heures de queue pour accéder aux musées du Vatican. J'accepte de payer plus cher pour ne pas trop attendre, vu la monstruosité de la file. C'est une arnaque. Nous attendons une heure, le temps qu'ils nous répartissent en groupes de langues, qu'ils aient assez de locuteurs pour chaque langue. La procession continue et on s'arrête régulièrement sur le chemin pour agglutiner deux ou trois autres zozos alpagués par d'autres rabatteurs. Finalement, après une heure et demie d'errance, que nous aurions pu consacrer à la file d'attente, nous affrontons la foule à l'entrée des musées du Vatican, qui accueillent vingt-cinq mille visiteurs par jour. La chapelle Sixtine se mérite. Nous commençons par le musée du Vatican, Apollon, l'art grec, la papauté, puis les trois galeries qui s'enfilent. Les tapisseries et, enfin, la fameuse chapelle dont la voûte fut peinte par Michel-Ange. Il y narre des scènes de la Bible (Ancien et Nouveau testaments). Je pense à *La Concubine de l'hémoglobine*, de MC Solaar, « belle comme les voûtes de la chapelle Sixtine ».

À vingt ans, Michel-Ange peint la voûte. À soixante ans, il revient peindre *Le Jugement dernier* mais, cette fois-ci, sans repère de proportions.

Je suis arrivé en Italie il y a quelques jours, invité par Monique Veaute, directrice du festival Romaeuropa, pour ouvrir cet événement. Mon éditeur italien, Edizioni dell'asino, en a profité pour organiser une tournée de présentation d'*Afrotopia* paru en italien. *Kirina*, la pièce de Serge Aimé Coulibaly, se joue au Teatro Argentina. J'en ai écrit le livret. Un théâtre classique à l'italienne, carré, fauteuils rouges. Toujours la même mise élégante des gens qui viennent au théâtre. Lieu de consécration et de distinction. Raffinement de la culture. Les attitudes sont conformées par le lieu. La pièce est belle, la musique de Rokia Traoré qui l'accompagne est juste et poignante. Les métaphores sont puissantes, comme le jeu des danseurs, leur virtuosité, leurs chorégraphies asymétriques, leurs rythmiques à contretemps, leur pulsation ternaire.

Nous sortons de Rome et allons vers Naples. C'est le Sud.

Le Vésuve nous accueille. La vie déborde dans les rues. Naples a l'atmosphère des villes méditerranéennes, même si on est sur la mer Tyrrhénienne. On y ressent un brin d'Alger. Linge à sécher dehors aux fenêtres, voix vives, motos que l'on répare dans la rue, économie populaire. Après la présentation de la version italienne d'*Afrotopia* dans une librairie – Livia Appa, qui a traduit le livre en italien, Ilaria, des Edizioni dell'asino, Antonio, qui en a fait la présentation, les deux libraires et une amie de Livia –, nous dînons dans le restaurant d'un Palestinien marié à une Marocaine. Le meilleur tajine qu'il m'ait été donné de goûter. La rue voisine grouille de monde. C'est un samedi soir à Naples.

Trois heures à Times Square

Josil Nores m'emmène à New York. Je soupçonne qu'il est haïtien. Pour vérifier la popularité du génie, je lui demande : « Connais-tu Frankétienne ? – Ah oui, bien sûr, tout le monde connaît Frankétienne ! » Je rétorque : « J'étais avec lui à Montréal. – Ah, donc vous êtes un grand monsieur, vous. » Tout cela est dit en français. L'anglais, ce sera pour plus tard. On prend le Queens-Midtown Tunnel qui nous mène au cœur de Big Apple. Cette ville n'est pas debout comme le prétend Céline, elle s'élance vers le ciel. Pour en voir les toits, il faut lever le menton jusqu'à son maximum d'extension possible, jusqu'à littéralement se briser la nuque. J'ai toujours rêvé de me perdre dans une ville, sans guide, sans regards étrangers, pour la voir. M'y laisser dériver sans destination ni but, dans cette zone blanche, avec pour unique boussole l'olfaction, les tressaillements de la vue et de la peau, les attractions inconscientes. Ce rêve s'est réalisé à l'improviste, sans que j'œuvre pour. Un salon du livre à

Québec, les organisateurs, je ne sais pour quelle raison, me prennent un billet retour via New York, avec huit heures à attendre la correspondance. S'ouvre ainsi la possibilité d'aller me perdre dans la Nouvelle-Amsterdam, à Times Square.

Je me dissous dans la marée humaine qui déferle sur la VIIe Avenue. J'éprouve un sentiment de perte d'identité, un arrêt du flux de la conscience aiguë de soi, une chute de ses propres peaux. La température est celle d'un printemps naissant, elle réchauffe mes os glacés par les neiges de Québec. Des touristes vont à Ground Zero, je préfère flâner encore dans la ville, j'ai vu le sanctuaire de Murambi, au Rwanda, et cela me suffit comme témoignage. La journée est belle. Assis sur un banc, je regarde passer les belles New-Yorkaises. J'exerce cet « esprit de conquête » dont Dany déplorait l'autre soir l'absence chez nos grands écrivains négro-africains. Il aurait aimé, disait-il, lire leurs correspondances, mais surtout leurs sentiments et impressions des villes et pays qu'ils visitaient ; un texte de Senghor sur Varsovie, par exemple. Les grands écrivains négro-africains n'ont pas beaucoup conquis avec leurs imaginaires ces territoires d'ailleurs, alors que leurs compères européens, lorsqu'ils arrivent quelque part, prennent des notes, écrivent des monographies, croquent, captent et s'approprient les lieux.

En trois heures, je veux saisir cette ville, la capter dans ses moindres replis intimes, en faire l'expérience en profondeur. Je renonce à une organisation rationnelle du temps qui viserait à voir, ou plutôt à effleurer du regard un maximum de choses. À nous tous, l'Amérique a vendu son rêve. Après le vertige des chatouille-ciel, je regarde autour de moi les gens. J'observe les visages, j'écoute les voix. Une civilisation est ici à la pointe extrême de son orgueil, de sa gloire technologique et financière, de sa volonté de puissance, de son désir d'expansion. D'un point fixe, j'observe cette foule en mouvement, diverse, coloriée de tous les visages du monde : rappeurs new-yorkais faisant du *street marketing* en proposant des *bootlegs*… Broadway n'est pas loin. En face de moi, un sosie assez ressemblant de Michael Jackson rabat les passants pour le spectacle de ce soir. Plus que la ressemblance physique, il a saisi le geste qui le caractérise : ce lancement du bras droit pointant l'index vers le ciel, accompagné d'un léger cri. Il répète allègrement le geste caractéristique : arrêts, sourires amusés, étonnement… Un temps qui passe dont ma conscience ne saisit plus l'écoulement. Enstase. Au cœur de cette solitude sereine, soudain surgit le désir d'une rencontre dont je sais immédiatement qu'elle n'aura pas lieu. L'estomac se creuse, je me dirige vers un resto où je déjeune sur une table au fond, à droite. Au menu : un grand steak, *big daddy and baked tomatoes*. J'achète quelques casquettes et T-shirts de la ville, entre dans un *store* sur Broadway et acquiers un légendaire Levi's 501, taille 36-32. *No trucks and buses on left lane*. Je reprends le chemin de l'aéroport John-Fitzgerald-Kennedy (JFK). Ma boîte crânienne photographie la sortie. *Rockaways exit 19*. L'enstase de tout à l'heure prend fin.

Un kata pour Jean-Paul
La dernière leçon du maître

10 juillet 2013, 0 h 50

J'ai appris ta mort aujourd'hui. Je n'avais jamais pleuré de mort, quelle que fût ma peine. Je croyais ma source lacrymale tarie. La tienne, je l'ai pleurée à chaudes larmes. Une avalanche soudaine. Un amour de toi que je portais en moi et que j'avais oublié, soudainement est remonté, sanglotant ton occultation. Notre relation fut forte, profonde, transformatrice. Souvent virile. Plusieurs fois silencieusement affectueuse. Tu fus mon maître sur la voie *shotokan* et sur la voie tout simplement. Je t'avais trouvé, reconnu et choisi. J'arrivais dans cette ville, vingt ans à peine sonnés, ma nostalgie troublée, en quête de signe et de sens. J'avais essayé quelques dojos, mais les enseignants que j'y trouvais ne me satisfaisaient pas. Je ne voyais pas en eux des maîtres dignes de me guider sur le chemin de l'autogravissement.

Apprendre à tout quitter un jour. Tout ce qui fait notre vie. Apprendre à mourir petit à petit chaque jour un peu plus, pas par crainte d'une mort que l'on anticiperait en la jouant pour la rendre familière, mais par accord au cours des choses. Nous passons. Sagesse longtemps répétée, peu vécue. Observer les choses sous cette lueur les éclaire d'une lumière crue.

Jean-Paul eut une vie saine. L'existence forte et généreuse d'un *yodan* en *shotokan* de la tradition de maître Ohshima. Pourtant, c'est un cancer, paraît-il des poumons et ensuite des os, qui a eu raison de lui. La plus forte vitalité, passée sa gloire, sera outragée un jour. Qu'aura-t-elle fait de son éclat ? Là est la question. À quoi je consume la santé qui m'est donnée aujourd'hui ?

J'ai appris de toi qu'à la difficulté il fallait ajouter de la difficulté. Un peu fatigué, légèrement fiévreux, aller courir. Las, démotivé : deux heures de *katas* évacuent la fatigue, réactivent les ressources physiques et morales endormies, vident le sac afin que l'énergie du tao puisse de nouveau circuler et irriguer le corps-esprit qui est un.

La dernière leçon du maître, celle qui ne s'actualise pleinement en soi que quand il se dérobe, fut peut-être celle-ci. Porter la vitalité à son plein régime, semer les graines de la vie et de la croissance en toutes choses autour de soi, partager la vie, la faire croître, la disséminer, la nourrir, se consumer et disparaître, quitter les lieux en ayant donné toujours plus que l'on a reçu, sans amertume. Se retirer, s'effacer afin que l'œuvre puisse continuer. Sagesse rude et lumineuse.

Conakry Feeling, Bazoff Swinging

4 juin 2014/16 août 2016

C'est le légendaire Bembeya Jazz qui anime la soirée. La fourniture d'électricité est erratique, baisse de régime et de tension fréquente. La voix du chanteur disparaît puis réapparaît. Assez vite, la musique gagne les âmes et les corps. Komivi se balance tout en douceur et en retenue. La musique du Bembeya Jazz est des années 1970, on y entend l'Amérique latine, le rock, les mélodies ouest-africaines, quelque chose des Caraïbes, elle dit la modernité guinéenne de l'époque. Toutes les musiques contemporaines sont des lieux de rencontre. Un rythme a besoin de revenir. Il lui faut un point d'ancrage pour creuser son sillon et soumettre les corps. Toujours le Bembeya Jazz; Mamy Water, Whisky Soda... Je suis aux prises avec un poulet-bicyclette. Il aura fallu l'ardeur de ma faim et de mon appétit pour en venir à bout. Proprement exécuté. Comme pour celui de l'aéroport de

Bamako, où nous étions échoués il y a quelques années, Willy, Nafi, Attali et moi. Éducation aux plaisirs raffinés ; ceux de l'ouïe et du palais. Danser avec élégance et dignité, les Africains savent le faire. J'aime ce peuple de rois déchus occupé à la grande remontée, mais qui, sur le chemin, sait la convivialité. Temps suspendu et harnaché par cette beauté insidieuse. *Ballaké*, une chanson sur un amour parti que l'auteur compare à un oiseau. Après leur musique, le silence qui suit est encore d'eux. Conakry Feeling.

Nous sommes à Amitié II à Dakar, le restaurant s'appelle le Bazoff. Dans la salle du fond, une scène. Ablaye Cissoko, Habib Faye, Tapha Cissé et leurs amis musiciens y jouent un projet nommé Cola-Nut produit par l'ami Aziz Fall. Ablaye Cissoko pose sur la musique des notes tranquilles. Sa kora est une épiphanie. Gnilane dort, sa demi-heure de sieste rituelle avant chaque concert. Ce moment où les artistes de notre coin se font désirer. Elle perçoit la musique dans son corps. Imprégnations sensorielles qui rejailliront un jour. Une basse qui ancre au sol. Elle permet le roulis des vagues. Flûtes haoussa, calebasses, kora, ngoni, balafon, basse, batterie, chœurs. Ne pas être tenté par une forme de captation (photo, vidéo). Depuis les Smartphones, nous sommes tous devenus des capteurs-émetteurs. Recevoir les vibrations dans le corps et l'âme. Jules Gueye arrive avec sa trompette sur le titre « Haïti ». Il y a un partage du travail chez les musiciens entre ceux qui maintiennent stables les bases de l'univers et ceux qui en assurent l'expansion. Tapha Cissé travaille en toute subtilité. Les serveuses passent en coup de vent entre les tables, sortent les plats des cuisines. Tous les sens doivent être satisfaits. La musique n'est pas que sur scène, elle est sur les visages radieux, dans les corps féminins qui se déplacent, dans les éclats de rire, aux abords des décolletés soigneusement soulignés. Gnilane s'est réveillée. Elle a dormi pendant que l'univers se formait. Elle s'éveille au cœur de ce nouveau monde enchanté que créent ce soir Ablaye Cissoko, Habib Faye, Tapha Cissé et leurs amis musiciens. Je pense à Aziz Fall, le bâtisseur de l'ombre. Il a été manageur de Habib Faye, de Lemzo Diamono et fait partie de ces personnes peu connues qui ont charpenté la musique sénégalaise. Il pense les concepts musicaux à produire, les rencontres à provoquer entre artistes, les propositions à faire au public. Il est assis au fond de la salle, coiffé d'un Torpedo, discret et attentif.

Dans les rues de Mantoue

4 septembre 2019

Tous les matins du monde ne se ressemblent pas. Ce matin, je décide de me perdre dans les ruelles de Mantoue. Une promenade dans cette ville du nord de l'Italie entourée de lacs. J'y suis pour quelques jours à la faveur d'un festival de littérature. Mantoue est en Lombardie, pas loin de Brescia et de Vérone, la ville aux amants fameux. Des rues piétonnes qui relient ses innombrables places fermées. Des *palazzi* au style Renaissance, parfois mêlant le gothique, le roman et l'Art nouveau. Des petits commerces, des pâtisseries, des boutiques de souvenirs, des *gelateria*, mais aussi des magasins de marques redimensionnés à la taille de la ville. Mantoue s'éveille en ce début de mois de septembre avec ses rues pavées de galets et ses façades en briques rouges.

La ville a quatre mille ans. Elle fut un village étrusque au VIe siècle avant J.-C. À la Renaissance, les Gonzague en feront un bijou. Virgile est né pas loin d'ici. Il fut surnommé le cygne de Mantoue et fut l'emblème de la ville avant que n'arrivent les Gonzague. Hier, j'ai été accueilli par une bénévole du festival à l'aéroport de Bologne. Elle se nomme Béatrice. Son français est impeccable. Elle doit me guider durant le festival. L'esprit de Dante Alighieri plane.

Mantoue est entouré de trois lacs artificiels : le lac supérieur, celui du milieu et le lac inférieur, tous issus des méandres du fleuve Mincio. Ces lacs furent construits pour défendre la ville ; le quatrième, le lac Pailola au sud de Mantoue, fut asséché. La ville a l'air d'une péninsule sortie des eaux. Ce matin, juste avant de prendre la via Settembre, je vois un jeune Africain qui fait la manche. À mon approche, il se referme un peu et ne m'interpelle pas comme il le fait avec les autres passants. Peut-être a-t-il un peu honte. Je passe mon chemin, perdu dans mes rêveries et ma décision de me laisser imprégner par la ville ; de désactiver mes radars et instruments de captation de l'écrivain qui scanne tout sur son passage. Laisser tout cela se faire de manière inconsciente, ne pas saisir volontairement.

Au retour, je décide de lui parler. « *Where are you from, my brother ? – Nigeria.* » Je lui serre chaleureusement la main et y glisse un billet. Le frère me remercie chaleureusement, je lui rétorque : « *No worries, you're my brother* », et file pour ne pas faire durer ce moment. Je crois que ce qui l'a touché, plus que le billet glissé, c'est le fait que je lui ai parlé sans pitié ni commisération, et que je l'ai reconnu, et que ce que je lui disais, c'est : « Reste fort ! »

Il m'est souvent arrivé de rencontrer des personnes d'ascendance africaine dans des pays étrangers, des villes du nord du globe. Deux réactions. Un petit bonjour de connivence parfois ou un hochement de tête ; quand ce sont des Sénégalais, c'est presque évident, ils vous saluent, vous parlent wolof. Seconde catégorie de réaction : l'évitement, comme pour dire : « Ne viens pas me saluer ou me prendre pour ton frère parce que je suis de peau noire. Je suis un individu, nous n'avons rien de particulier à partager *a priori*, ne fais pas de moi ton frère sur cette seule base. »

Port-au-Prince

Mai 2018

J'arrive à Port-au-Prince en fin d'après-midi ce 23 mai 2018. Je suis passé par Pointe-à-Pitre. Je n'ai rien vu, juste un hangar, en attendant la connexion pour Port-au-Prince et une sensation de nature verdoyante. Un vol qui allait à Miami nous jette sur cette île. Dans la file d'attente, arrive James Germain avec qui je vais jouer dans deux jours sur scène. Nous avions échangé par WhatsApp, je lui ai envoyé les chansons du set musical et nous nous voyons pour la première fois. James a la bonhomie de ceux qui ont l'âme sensible. C'est un chanteur connu en Haïti. En attendant, je devise avec Emmelie Prophète. Kettly Mars est perdue dans son Smartphone. En survolant l'île, je comprends pourquoi *Ayiti* fut appelé « terre des hautes montagnes ». C'est un rocher montagneux.

Port-au-Prince. Collines, verdure, motos, *tap-taps* bigarrés, couleurs foisonnantes. On sent qu'ici il y a une liberté de construire sa demeure comme on veut et comme on peut. J'aime ces endroits non normés par un plan urbanistique qui oblige à un habitat uniforme. Chacun y va de sa fantaisie, de ses couleurs, de ses possibilités. L'énergie, la manière d'habiter l'espace public, de se mouvoir dans les rues, d'y faire grappe me rappelle celle des villes africaines. Quelque chose a traversé les mers et le temps. Cette manière de former communauté, de parler haut, de faire face au soleil, de marcher le long des routes.

Je suis logé à Pacot, dans un appartement loué rue Rouette-Wilson, au numéro 12, pas loin de chez Bartholdi. Ici, les maisons sont identifiées ; on sait à qui elles appartiennent. Je n'ai pas Internet. Beaucoup de mails urgents à traiter. Il me faut avancer sur cet atelier de restitution que j'organise avec Bénédicte à Dakar le 12 juin prochain, envoyer un message aux miens, leur dire que je suis bien arrivé. J'ai réussi à obtenir un partage de connexion. Six heures de décalage horaire vous mettent dans un sas. Pendant que vous êtes éveillé, ils dorment de l'autre côté des Caraïbes.

Première activité de la journée : répétition à Pétion-Ville dans une salle anciennement nommée Le Trio. Je découvre la ville de jour. Port-au-Prince est comme Lisbonne, une ville qui monte, des mornes soudain apparaissent, des maisons en contrebas, sur la route, la même sensation que sur le continent : artisanat exposé, bricoles à vendre, étals de fruits…

Après-midi à Fokal, je donne ma conférence : « Haïti, ouvrir les futurs », je commence par une évocation de ce qui me lie à Haïti. Les figures du sensible qui m'y ont mené sont nombreuses. D'abord une adolescence rêveuse, qui cherche ses mots dans l'espace infini de la poésie. J'avais douze ans et la beauté cognait rageusement contre les parois de mon être, elle voulait y pénétrer avec son sillage d'éclairs et de douleurs. J'écrivais quelques poèmes, je les fis lire à une voisine qui habitait la rue d'à côté, et dont on m'avait dit qu'elle faisait métier de poétesse. Cette dame m'accueillit avec douceur et amitié, lut mes griffonnages, les corrigea, me suggéra d'ajouter, au vers « les bougainvilliers se balançaient », la jolie expression « tout de guingois », pour le lester, me dit-elle. Elle institua pour mon grand bonheur une visite régulière tous les mercredis après-midi chez elle, rue Amadou-Assane-Ndoye. La poétesse s'appelait Jacqueline Scott-Lemoine. Je rencontrai donc Haïti pour la première fois par ce couple de poètes, Jacqueline et Lucien Lemoine, qui décidèrent de s'installer au Sénégal après le Festival mondial des arts nègres de 1966.

En grandissant, j'entendis parler de Roger Dorsinville, qui fut éditeur aux Nouvelles Éditions africaines ; de Gérard Chenet, dramaturge installé à Toubab Dialao.

La trace de Haïti était tissée des fils de la littérature, du théâtre et de la poésie. Puis ce fut Césaire, le grand entremetteur, d'abord le *Cahier*... avec cette fulgurance. « Haïti où la négritude se mit debout pour la première fois et dit qu'elle croyait en son humanité. » Plus tard, je rencontrai Jacques Roumain, René Philoctète, Frankétienne, Dany Laferrière, Lyonel Trouillot dans l'espace d'un dialogue silencieux, intime et fécond. Puis le Sénégal, au tournant des années 2010. Présence africaine y organisait un colloque pour commémorer la naissance, cent ans plus tôt, d'Alioune Diop. Dans la salle, j'écoute la belle communication d'un monsieur au teint de cyprès, coiffé de dreadlocks, une mine farouche adoucie par un visage de bouddha, c'est un poète haïtien qui se prénomme Rodney Saint-Éloi. Nous tombons en amitié, lui et moi, et arpentons le Sénégal ensemble. Je l'emmène en pays sérère et l'y rebaptise Wagane, « celui qui est invaincu ». J'avais publié un premier roman chez Gallimard, il me demanda si j'avais un texte à lui confier, et c'est ainsi que Rodney devint mon éditeur et ami, et que je rejoignis cette belle maison qu'est Mémoire d'encrier. La porte d'entrée dans l'imaginaire littéraire d'Haïti se trouvait ainsi grande ouverte. Je rencontrai, dans le sillage de Mémoire d'encrier, de Zulma, la belle maison d'édition de Laure Leroy, et des salons du livre, James Noël, Makenzy Orcel que j'appelle « Sénégalais », Gary Victor, Emmelie Prophète, Kettly Mars, Louis-Philippe Dalembert, Néhémy Pierre-Dahomey, Martine Fidèle, Yanick Lahens, Evains Wêche et tant d'autres de la galaxie.

Depuis, Haïti est pour moi un rêve, une intimité sensible, un lieu où des femmes et des hommes font face à un destin farouche avec les ultimes armes de la dignité et de la poésie.

Je suis à Port-au-Prince, invité par Kettly Noël qui, de la danse, fait une poésie massive. Samedi, je serai sur scène à Pétion-Ville, pour un concert de musique avec James Germain.

La petite porte bleue

J'entre par la porte nord. Un carré de cinquante mètres de côté qui jouxte un terrain de foot aménagé par les jeunes du quartier. Des bambins y jouent. L'éternel apprentissage. Quelques cocotiers tendent leurs bras au-dessus du petit muret qui l'enclôt. Un baobab, deux palmiers, deux arbres ombrageux dont j'ignore le nom veillent au sud du cimetière. Le lieu est paisible. D'ici, émane une paix profonde qui irradie. Nous sommes le premier jour de l'année 2017. Je suis venu rendre visite au Vieux. Sa tombe est à côté de celles de Maama Lang, Maama Saliou, Maama Ami et Maama Ndinguane. L'espace à sa droite est libre. Je me dis que là sera ma dernière demeure.

Où es-tu, colonel Sarr ? Ton corps a été enterré dans ce jardin de Baaback, sur l'île de Niodior, un 28 janvier 2015. Tu étais décédé la veille à l'hôpital Le Dantec à Dakar. Une rapide maladie grippa la mécanique et l'arrêta. Le soleil était à son zénith ce jour-là. Le village, comme un homme dressé, était venu t'accueillir sur le wharf. La terre de Niodior reprenait son fils. Vieux colonel, où repose ton âme ? Je ne crois plus au paradis des musulmans et des chrétiens, au jardin d'Éden où les âmes et les corps des bienfaisants sont promis à une félicité éternelle. Peut-être as-tu rejoint les ancêtres à Jaaniw. Erres-tu à Naymunsi ou demeures-tu dans la paix de ce jour ? Désormais, c'est dans l'espace d'un silence profond que je peux te parler, dans la tessiture d'une voix sans paroles, d'une présence sans corps, d'un amour sans tumultes.

La petite porte bleue ouvre sur un espace de terre. Les bâtisses rasent le sol. Juste un rectangle que l'on délimite pour retrouver le lieu d'où l'argile redevient terre. Des femmes et hommes du village y reposent. Le lieu où se résorbe le corps et se dissout l'individualité est un signe qui, parfois, appelle le trouble, mais aussi, souvent, guérit de la hâte. C'est ici que finira la course, quelle que soit sa vélocité. Quel en a été le sens ?

La paix de ce lieu est profonde. Depuis ce fameux jour, ce carré est devenu pour moi un point d'ancrage. Je viens y parler au Vieux. Lui faire le compte de mes errances. Y affermir des décisions à prendre. Goûter la sérénité et l'accalmie du lieu. Y faire provision pour repartir à l'assaut de fronts qui, parfois subitement, se présentent au détour d'une claire journée. L'absence s'invite à nouveau dans mon existence. Celle-ci fut choisie. Elle n'en pèse pas moins. Elle ouvre un chemin de croissance déserté ces dernières années. Devenir son propre refuge.

Gnima Sarr célèbre son mariage traditionnel à Boussoura avec Jérémie. Sa belle-famille, venue faire l'expérience de la rencontre, est présente. La fête fut belle. Ici, il y a deux ans, sous ce manguier, on pleurait la disparition du Vieux. Aujourd'hui, Boussoura vibre de la joie des épousailles : chants sérères, rythmes frénétiques, danses des femmes, couleurs du pays. Djiby, notre frère resté sept ans en exil, est présent également. Il renoue avec le pays : poétiquement. Le soir, dans la pénombre de Boussoura, s'improvise un concert guitare-acoustique-voix des enfants du Vieux. Chacun y passe ; quelques morceaux par frangin(e), les autres assurant les chœurs. La musique monte, et je songe qu'elle arrive au cimetière portée par le silence de la nuit. C'est étrange. S'adresse-t-elle au Vieux colonel ? Lui dit-elle que, finalement, des graines qu'il a semées, c'est la beauté qui a le plus fleuri ?

Niodior

22-24 août 2018

Nous sommes arrivés à Djifère à 10 h 30. La route était fluide. C'est la fête de Tabaski. Les gens sont arrivés la veille chez eux. Nous arrivons à Mbour à l'heure de la prière. Tout est fermé. Les gamins en boubou bleu, jaune, orange, très peu de blanc, tapis de prière sous le bras, se ruent vers un édifice bleu-rose surnommé la « mosquée Jasmine » par Gnilane. Elle est arrivée la veille d'Orléans. Elle a attendu ses bagages presque deux heures au nouvel aéroport Blaise-Diagne de Ndiass. Je suis allé la chercher. Nous sommes arrivés chez ma sœur Ami au Point E vers minuit. J'avais quitté la maison à 19 heures.

Je gare la voiture dans le campement géré par Maurice et Georges Faye, deux frères venant de Palmarin Ngounoumane. Ils sont très avenants. Depuis qu'il est interdit de se garer au débarcadère du Delta Niominka, ils ont accepté que je laisse la voiture chez eux. Rokhy Ndiaye, de passage la semaine dernière, avait négocié la chose. Ils connaissaient le Vieux colonel. Abdou Fall et Mansoor sont venus nous chercher avec la nouvelle pirogue familiale que nous avons nommée *Colonel Mamadou Sarr Jotniyam. Jotniyam* veut dire « fais-moi traverser », en sérère. Dès que l'imam eut fini les deux *rakas**, ils se sont mis en route. Ils n'ont pas écouté son prêche. Il paraît aussi que les autres fidèles ont fait de même, pressés qu'ils étaient d'aller sacrifier leurs moutons de Tabaski. L'imam a dû demander en vain aux fidèles de rester écouter l'important prêche, sans grand succès. Un appel plus profond que la piété l'a emporté.

On vogue sur une mer calme et vide. Le ciel est d'un bleu dense. Les flots paisibles. Mon cousin Mansoor me laisse la barre, durant un moment. Je me réhabitue à ce geste de navigation. Tirer la barre vers moi afin que la pirogue aille en sens opposé, sentir l'ampleur du geste et sa vélocité pour ne pas brusquer le mouvement. Rester dans la partie pleine de mer. Passer entre la pointe de Sangomar et l'îlot en face de Dionewar qui a émergé des flots, quelques années après la coupure de la Pointe.

Nous sommes arrivés à la maison, les moutons étaient déjà sacrifiés. Sahad, Sélamine et Youssou avaient assuré la chose. Cette année, nous sommes quatre de la fratrie à être venus passer la fête à Boussoura avec Rokhy Ndiaye : Aminata, Sahad, Youssou, et moi, venu avec Gnilane.

Mathilde la Québécoise, l'amie de Youssou, nous accompagne. Tous les cousins sont là. Les fils de tonton Koutia : Moussa, Famara ; ceux de Faapa Insa : Solo…, ceux de Faapa Tall, de Faapa Babou, Mamoo…

Toujours ces mêmes nuits où souffle le vent dans les ramures. Ce sommeil profond couché dans son lit, chez soi, au lieu du fondement, où personne ne viendra vous contester le repos.

Les jeunes du village veulent tous émigrer en Espagne. Depuis quelques années, c'est la saignée. On dénombre environ mille jeunes qui ont fait la traversée sur une population estimée à huit mille cinq cents individus. Les classes sont vides, les champs abandonnés, les équipes de navétanes réduites, les pirogues de pêche manquent de main-d'œuvre. Et surtout, ceux qui sont restés sont tentés par le mirage de l'Espagne. Celui-ci est devenu le seul rêve, il a bousculé les autres dans les imaginaires ; réduit les possibilités à une seule…

À la Tabaski, est attachée la tradition du Ziar. Rendre visite aux voisins et à la famille, et formuler des vœux de paix, de santé, de réussite dans les multiples entreprises et de longévité. Demander pardon pour toutes les offenses conscientes et inconscientes faites aux autres durant l'année écoulée. Les gens me souhaitent la paix, une longévité plus grande que celle que mon père a eue, l'ouverture de la bonne fortune, l'atteinte de choses qui m'apporteront la paix, la réalisation de mes désirs intimes seulement si ceux-ci m'apportent la paix. Quelle prévenance ! La paix est le maître-mot. Vient s'y ajouter la santé.

La parole instituante, aspirante, désirante, conjurante.

Celle qui ouvre les possibles en les envisageant et en les nommant, celle qui dit la belle intention. Plus que la civilité, les paroles de la civilisation.

Celles de la trêve !

La demande de pardon ritualisée lors de la Tabaski et de la Korité se fonde sur l'idée d'une remise à zéro des compteurs de la relation. Même si la parole de pardon est difficile à lâcher entre des personnes qui nourrissent une forte inimitié. Quand ils la profèrent, elle indique l'horizon que le groupe se donne. Le pardon, le solde du contentieux, la paix des cœurs scellée par une parole agissante.

Deux questions épineuses à traiter. Mon cousin Cheikhna qui a la vingtaine, le fils de mon oncle Amadou, veut aller en Espagne. Il faut le convaincre de rester en lui proposant une autre vie qui puisse vraiment l'intéresser. Autrement, il fera semblant de nous écouter et, dès que l'occasion se présentera, il se mettra en route.

L'un des fils de mon oncle Moussa décédé réclame que, dans la distribution des espaces habitables de la concession, il soit plus équitablement pris en compte. Ils sont sous l'autorité de mon oncle Birama Koutia, à qui il faut parler. J'ai eu tout à l'heure une discussion avec lui, après laquelle la situation m'apparaît plus complexe. S'ouvrir toujours aux différentes perspectives, envisager l'adret et l'ubac d'une situation.

Je suis passé voir mon oncle Aladji Séko. Je ne l'ai pas trouvé. Ma tante Diayi Sali, son épouse, est malade. Elle est méconnaissable. Je l'ai trouvée assise sur une chaise, amaigrie, les jambes enflées. La grande douleur est passée par là. Je lui ai demandé si elle allait mieux. Elle m'a répondu avec une profonde dignité qu'elle allait mieux et que seules ses jambes continuaient à la faire souffrir. Elle a le visage de ceux qui luttent pour supporter dignement les derniers moments d'une vie. Elle sait qu'elle va partir. Je le sais aussi. Je lui ai promis de repasser. C'est peut-être une des dernières fois que je la vois.

Ici, dans les familles, on considère que ce n'est pas une nécessité que tous les enfants aillent à l'école. Certains étudieront, d'autres iront dans les pirogues de pêche, d'autres apprendront un métier manuel ; pour d'autres, ce sera l'école arabe et les sciences religieuses ; d'autres émigreront, les filles se marieront. Quoi qu'elles fassent, ce sera l'ultime projet de vie pour elles. On considère que les chemins sont différents et que chacun d'eux a sa part de *baraka**, que chaque chemin peut permettre une vie réussie et réalisée. Une sorte d'ouverture à la multiplicité des voies. Je continue à penser que le chemin de l'instruction et du savoir demeure le plus sûr, et qu'il permet d'aborder les autres voies avec plus de cordes à son arc.

Ma mère peste contre une tante ayant laissé sa fille, qui est en terminale et qui a toujours été brillante à l'école, se marier avant l'obtention de son bac. « Pourquoi ne l'as-tu pas laissée finir ses études ? Que va-t-il lui apporter, ce monsieur ? Elle a toujours été brillante, pourquoi avoir hypothéqué ses études par ce mariage ? Ne pouvait-elle pas attendre ? »

Prendre une décision que l'on sait nécessaire pour soi, certes, mais est-elle juste ? Cela dépend d'où on la regarde. Puis s'y tenir, malgré les flots contraires qui vous traversent. Consentir à la fin de l'innocence. Assumer sa part d'opacité. Accepter une morale de la complexité. J'ai discuté avec mon cousin Cheikhna. Je lui ai rappelé tous les dangers de l'émigration clandestine. Il les connaît. Il veut partir. Je sens qu'aucun argument ne l'empêchera. C'est son chemin initiatique. Le seul qu'il envisage à la force de l'âge. Je sens que je ne réussirai pas à le convaincre. Que faire, l'aider à y aller avec le moins de risques possible, ou m'en tenir à ma position de principe ?

La saveur des derniers mètres

Le mètre, c'est l'intervalle ente la place du Souvenir et l'hôtel Terrou-Bi. Deux kilomètres aller, deux kilomètres retour. Il est 8 heures. Réveillé un peu tard pour l'intention de la veille. Le premier kilomètre se passe sans soucis, le corps s'éveille ; les muscles s'échauffent, la machine cardiaque se rode. Au troisième kilomètre, entre le Terrou-Bi et l'UCAD (l'université Cheikh-Anta-Diop), une petite pente, le vent en face, la laisse de l'Atlantique, l'écume des vagues, les joggeurs sur la plage. La lutte commence. Le corps et le cœur ont perdu de l'amplitude, à courir sans arrêt ces dernières semaines sur les routes du monde : conduire, prendre l'avion, faire l'expérience de différents rythmes biologiques sur différents continents. Finalement, le timing est respecté, vingt-quatre minutes pour quatre kilomètres. Sept minutes d'échauffement, puis *budo*. J'aménage le dojo sur cinq places de parking vides, vingt pas suffisent pour les *kiyons* et *katas* à effectuer. Programme du jour en *kiyons*, *mae geri*, *mayté*, *gyaku-suki*, *yuko geri*. Pour les *katas*, *tekki shodan*, *bassai* et *kanku dai*. Reprendre un chemin ascendant. Je décide pour le mois à venir de revisiter *empi*, *gankaku*, *hangetsu*, *tekki nidan* et *sandan* ; ces *katas* supérieurs, je les ai presque perdus, il ne me reste que des bribes, j'espère que le corps s'en souviendra.

8 juillet 2016

Hier, Gnilane a rejoint le groupe de ceux qui courent quatre kilomètres avant l'heure de karaté. Elle a insisté pour courir avec nous. Nous lui avons conseillé de faire le parcours jusqu'au rond-point de la route de Khor et de rentrer (deux kilomètres), elle a refusé. Nous avons marché au début du jogging, histoire de réduire un peu le parcours de quelques centaines de mètres ; puis nous nous sommes mis à courir. Gnilane a tenu les trois kilomètres huit cents. Ensuite, une heure de *budo*. *Kiyons* intensifs, parades et torites. *Heian godan* et *tekki shodan*. Aujourd'hui, sont présents Muhammad Ba (Sitting Bull), Youssou (Tchouang-Tseu), Fakhane (Dianké Waly), Gnilane (Chimamanda) et moi (Ryokan). Il manquait Abdourahmane Seck (Yasuké) et Blondin Cissé (Li Po). Gnilane a treize ans et dix mois.

2 septembre 2018

Le premier kilomètre sert à réveiller le corps. Engourdi par une nuit de sommeil dans un lit creux, que me disputent les moustiques et l'air chaud brassé par les pales d'un ventilo silencieux. Dimanche matin, 7 heures. L'avenue Aimé-Césaire. Je passe en courant devant la morgue de l'hôpital de Fann et me souviens de Benjamin Ndong de Joal-Fadiouth, mon collègue et ami dont on a levé le corps ici, un matin de stupeur. Dans la cour de la résidence de l'ambassadeur du Liban, un cèdre effilé. Le ministère de la Santé, l'école franco-sénégalaise, la nonciature apostolique et sa plaque discrètement posée sur un mur ocre. Le rond-point de la place du Souvenir ; direction l'université Cheikh-Anta-Diop. L'effort est ma loi. À cette heure, peu de joggeurs. Quelques farouches s'activent sur les machines installées le long de la corniche. Le troisième kilomètre est toujours plus difficile, le vent à rebours qui vous repousse, la légère pente. Ce matin, j'ai mis le haut de mon kimono et ma ceinture dans un sac à dos. Je porte le bas et un T-shirt. Le parking de la place du Souvenir est mon dojo itinérant. Le lieu est calme aux heures où j'y viens. Au programme des *kiyons* : *gedan barai/gyaku-suki*, *ude uke/gyaku-suki*, *jodan age uke/gyaku-suki*. Ensuite, enchaînement de *mae geri/mawashi geri/ushiro ura mawashi geri* en travaillant l'équilibre sur le troisième coup de pied. Doser la vélocité du *mawashi* ; travailler l'appui à la réception et l'énergie cinétique pour le dernier coup de pied. Tout cela, c'est le corps qui le fait, confiant en son érudition.

Pour les *katas*, ce sera *bassai*, *kanku*, *tekki shodan* et *tekki nidan*.

Et pendant que je sue, entre deux suki, assis en kiba-dachi, passe un paradis juché sur une paire de talons qu'écrasent deux jambes effilées par un pantalon rouge. Une poitrine qui darde ses rayons. Un soleil qui se lève, mais qui hésite et s'arrête devant tant de grâce. Une démarche nonchalante qui glisse et offre ses générosités. Je rêve soudainement de me promener dans les allées boisées d'Apirideiza. Pour honorer la contemplation qui m'est gracieusement offerte, je m'absente quelques instants de mon geste et salue l'éternité fugace d'une beauté qui passe.

En taxi avec Frankétienne

Nous traversons Montréal côte à côte, à bord d'un taxi, d'abord en silence. Le rendez-vous est à la librairie Olivieri. Rodney Saint-Éloi y a invité les écrivains de la « diversité » pour une causerie littéraire, avec Liliana Lazar, nouvelle lauréate du prix des Cinq-Continents, géré avec brio par Myriam Senghor-Ba depuis quelques années. Frankétienne prend des nouvelles de ma nuit, de mon hôtel, ce dernier me convient-il ? Je réponds poliment, puis reste silencieux. Cet artiste éruptif, créatif et célèbre, doit avoir l'habitude que l'on se répande en louanges et jaculations admiratives. Peut-être mesure-t-il l'attraction qu'il exerce ou pas en me laissant l'initiative de briser la glace. J'ai parcouru hier soir son anthologie secrète éditée chez Mémoire d'encrier, qui m'a plu, mais je n'ai pas l'âme d'un groupie. Je demeure silencieux. Il est d'un calme sympathique, malgré les laves incandescentes que je sens chez lui. La librairie Olivieri est au cœur de Montréal, belle et riche de livres de tous les horizons.

Rodney introduit Liliana, la dame aux dix prix littéraires pour son premier roman. Liliana est roumaine d'origine, un mélange de sensibilité aiguisée, de pudeur dans l'expression, on sent qu'elle veut rester authentique et exigeante dans l'énonciation de sa vérité. On parle de son roman *Terre des affranchis*: une histoire de rédemption. À un moment de la soirée, Rodney demande aux écrivains venus pour le Salon du livre de Québec de se présenter, en commençant par moi; puis Yara El-Ghadban, la Palestinienne montréalaise, anthropologue et romancière; ensuite Michel Soukar, historien et romancier haïtien; et enfin Frankétienne. Celui-ci prend la parole et s'embarque dans un conte fantastique sur Haïti depuis ses origines, qu'il compare à un astre éteint dégageant une énergie forte mais nuisible, comme ces trous noirs qui aspirent tout autour d'eux; un vortex qui accélère la chute vers l'abîme plus on s'approche de son fond. Frankétienne détourne la soirée, il en devient l'attraction principale, Liliana et Rodney au perchoir attendent, un peu gênés, peut-être même agacés, mais de ces agacements que l'on ne peut laisser paraître, que le prophète finisse son homélie. Dany Laferrière est dans la salle et semble apprécier cette manière surréaliste et baroque de parler d'Haïti. Tout y passe, le principe d'incertitude de Heisenberg, Dessalines, les dictatures de Duvalier et d'Aristide, dans une langue pure et précise, Frankétienne renarre l'histoire de l'humanité à travers le vaisseau Haïti.

La soirée se termine autour d'un dîner dans une arrière-salle de la librairie. L'ambiance est chaleureuse, et même un peu arrosée. Tant de scrutateurs d'âmes autour de la table : Dany, Rodney, Frankétienne rendent l'ambiance conviviale et étrange. Je sais que le moindre détail de ce moment est capté par tous ces radars qui se l'incorporent et le dissèquent. Malgré l'apparente décontraction, la compagnie des écrivains est toujours redoutable, je ne peux m'empêcher de me sentir scruté et sondé.

Dschang, Foumban, Bafoussam

Douala, 20 juillet 2018, 6 h 45

Je suis en route pour l'aéroport de Douala. Une pluie soudaine s'abat sur le pont du Wouri, qui relie Bonabéri à Deïdo. Des motos, les fameux *bend-skins*, surmontées de parapluies étirés, transportent deux, parfois trois personnes. Il arrive qu'un enfant soit intercalé entre deux adultes. De la radio, s'échappent tantôt du *bikutsi**, tantôt des voix de journalistes discutant des élections présidentielles à venir. Ce phrasé chantant des Camerounais, contrasté par cette conviction martelée dans leurs assertions, occupe mes oreilles. Les mêmes histoires de coalitions, de candidatures, de caution, de code électoral, de mode de scrutin… L'autocrate, à quatre-vingt-six ans, a décidé de se présenter pour les sept ans à venir. Il est dans les allées du pouvoir depuis un demi-siècle. Les élections, ce mode de désignation des délégataires du pouvoir, nous coûtent encore beaucoup en stabilité et en vies humaines dans cette partie du monde.

Ça bouchonne de notre côté des quatre voies. Il paraît que ce pont est en construction-rénovation depuis dix ans. Le silence et le flegme d'un chauffeur expérimenté occupent l'habitacle du van qui ronronne sur place. Je décide de ne pas lui transmettre mon anxiété naissante par des questions du type : « Quand est-ce que prendront fin les embouteillages, vous le savez ? Car là, je risque vraiment de rater mon avion. » Subitement, la *sakina**, la quiétude, longtemps recherchée, s'invite par effraction : elle est là. Et, pourtant, les soufis et maîtres bouddhistes m'ont longtemps enseigné, avec un succès contrasté, l'accord au cours des choses. Il ne s'agit pas de se résigner, mais d'accepter ce qui est, surtout lorsque l'on n'y peut rien et que l'on n'a pas prise sur le cours des événements.

Je suis arrivé au Cameroun exténué par une année de voyages, de conférences, de rencontres, d'engagements pour faire exister une pensée et une parole que je veux agissantes ; mais aussi de sollicitations diverses, de luttes intimes pour m'extraire des multiples pinces des crabes qui veulent chacun une parcelle de ma chair. Le seul souhait qui m'a continuellement habité ces derniers mois est de m'extraire du désir du monde.

Ce désir pernicieux qui, sous prétexte de vous admirer, vous reconnaître ou vous aimer, vous suce l'ultime goutte de la sève qui vous irrigue et finit par vous assécher. « Je vous admire, je vous aime » sont ici des déclarations de guerre. Des assauts lancés contre la forteresse de votre paix profonde. Ces déclarations, il faut les prendre pour ce qu'elles sont réellement et ne pas s'y tromper ; des flammes qui vous consument. Durant ce voyage dans l'ouest du Cameroun, la majesté des paysages, la beauté de la plaine des Mbo, la générosité et la profusion de la nature : bambous, cacaoyers et bananeraies m'ont, malgré la fatigue de la route, revigoré. M'ont rasséréné aussi la foi et la constance d'un homme, le prince Kum'a N'Dumbe III, qui, seul contre vents et marées, maintient vif le feu de sa tradition et le transmet aux générations futures. Nous ne faisons donc pas fausse route en pensant que, sous la cendre, couve toujours la braise.

Un embouteillage est une épreuve de dessaisissement. On perd le contrôle sur le cours des événements. On ne sait jamais quand il finit. On perd aussi la maîtrise du temps que l'on pensait consacrer au trajet. Nous restons une heure trente minutes sur ce pont que j'ai traversé la veille en dix minutes, à 5 h 20 du matin, en allant à Yaoundé. Finalement, j'arrive juste à temps pour embarquer pour Dakar. J'ai souhaité sur le chemin que la Camair-Co reste fidèle à sa réputation et soit en retard. J'ai dû taire ma hâte, me faire une raison, accepter la situation, et envisager même la possibilité de rater l'avion et de rester une journée supplémentaire à Douala. J'ai songé que si jamais c'était le cas, je prendrais un hôtel de l'autre côté du pont pour ne plus revivre la même expérience.

Je suis venu au Cameroun avec Bénédicte Savoy pour travailler sur cette mission qui nous a été confiée par le président français Emmanuel Macron : réfléchir à la restitution des œuvres du patrimoine culturel africain se trouvant dans les musées français, et lui proposer un cadre. Ces œuvres, qui se comptent en dizaines de milliers, ont pour une grande partie été pillées durant les conquêtes coloniales ou subtilisées lors de missions ethnographiques. Le Nigeria, l'Éthiopie, le Bénin ont longtemps réclamé le retour des œuvres de leur patrimoine, nécessaires à la réarticulation de leur identité et à l'écriture de leur histoire. Les ex-puissances coloniales – les Britanniques, les Allemands, les Belges et les Français –, qui détiennent dans leurs musées des centaines de milliers de ces objets, ont toujours refusé de les rendre. Et là, ce jeune président, pour des raisons qui demeureront toujours énigmatiques, accepte de restituer ce patrimoine aux ayants droit. Bénédicte et moi devons lui rendre un rapport fixant les modalités de cette restitution. Nous avons neuf mois pour mener la réflexion. Le temps de la gestation d'un mammifère à sang chaud. L'une des questions que l'on se pose, c'est : où vont aller les objets restitués ? Dans des musées nationaux ou dans les communautés d'origine qui les ont produits ? D'autant que certains de ces objets, sur lesquels a été surimposée la signification d'œuvre d'art par le XIXe siècle européen, sont initialement des objets de culte servant à des rituels et réclamés par certaines communautés. Le Cameroun est intéressant parce que les chefferies royales y sont encore très présentes, certaines d'entre elles conservent leurs traditions vivantes et réinventées, et sont fortement attachées à leur patrimoine. L'ouest du Cameroun est réputé pour cela. À Foumban, chez les Bamouns, la chefferie a construit un musée en forme d'araignée consacré à la préservation de ce patrimoine. Y sont exposés les trônes et insignes royaux de la dynastie royale des sultans bamouns, l'écriture et les réalisations ingénieuses du roi Njoya, les différentes variantes de l'écriture shü-mom, des objets du quotidien, des armes, des amulettes, des textiles, un moulin à broyer le maïs de son invention…

À Dschang, le musée des Civilisations expose les us des peuples des différentes aires culturelles du Cameroun : les peuples de l'eau, du Sahel, de la forêt, de la montagne. Leurs coutumes, leur artisanat, leur architecture. C'est aussi un musée d'histoire qui retrace le peuplement du Cameroun. À Bafoussam, le roi a un domaine de vingt-quatre hectares où se trouvent son palais construit depuis le XIXe siècle, le bois sacré, une place des fêtes, un musée des objets royaux, comportant des pièces closes et réservées aux différentes sociétés secrètes de sa chefferie, ainsi qu'une case patrimoniale. Certains objets sont là depuis plus d'un siècle, parfaitement conservés.

Sur la route de Dschang, il y a deux jours, le prince Kum'a N'Dumbe III, qui nous accompagne dans notre périple, nous raconte l'histoire politique, sociale, culturelle et économique du pays, les exactions des Français au moment de la guerre d'indépendance menée par l'UPC, l'Union des populations du Cameroun, dans le maquis. Enfant, le prince a vu au marché de Mbanga, un village sur la route de Nkongsamba, des têtes de militants indépendantistes exposées par les Français pour terroriser les populations. Ces images sont restées gravées en lui. Des indépendantistes étaient aussi embarqués dans des hélicoptères et jetés du haut des falaises. Cette répression sanglante des maquisards de l'UPC, qui continua après l'indépendance sous le régime d'Ahmadou Ahidjo jusque dans les années 1970, est peu présente dans le récit de l'histoire coloniale française. Elle a profondément marqué les Camerounais de cette génération et probablement un peu inhibé leurs velléités de révolte violente contre tout ordre inique. Le Cameroun fut alternativement sous tutelles allemande, britannique et française. Ce pays a expérimenté les différentes variétés des colonialités européennes, notamment dans ce qu'elles ont eu de plus abject.

Le dernier jour de notre séjour, nous montons vers Yaoundé pour rencontrer l'ambassadeur de France qui souhaitait nous voir, visiter le Musée national, et en profiter pour saluer mon ami Parfait Akana et lui rapporter ses livres. Nous prenons l'avion à 7 heures du matin de Douala pour être à 10 heures au rendez-vous. À la sortie de l'aéroport de Yaoundé, nous sommes bloqués, impossible de circuler car, semble-t-il, le Grand Maître de l'ordre de Malte, venu visiter l'autocrate, doit repartir. Toutes les routes menant à l'aéroport sont fermées. Nous patientons environ une heure dans la voiture venue nous chercher. Finalement, notre rendez-vous de 10 heures est décalé à midi. Les ambassades de France sur le continent africain sont toutes les mêmes : des forteresses. Parfois, elles sont même surmontées de fils barbelés enroulés sur de hauts murs dans les pays à risque djihadiste. Toujours cette même morgue de leurs agents de sécurité.

Nous rencontrons un professeur d'anthropologie, ancien conservateur du musée de l'Homme et chef du Service de la coopération et de l'action culturelle de l'ambassade de France – les fameux SCAC, outils de la *soft power* à la française –, et l'ambassadeur de France au Cameroun. Dans la salle d'attente, nous devisons avec le chef du SCAC, un homme cultivé et intelligent. En quelques minutes, des trombes de condescendance et de négativité sourdent de ses propos sur ce pays « corrompu où rien ne marche », où « pour mener un projet, il faut arroser tout le monde » (ce qui est certainement vrai), où « dans les facs il n'y a pas de recherche ». Rien ne trouve grâce à ses yeux. Je me demande d'ailleurs ce qu'il fait dans ce pays si les choses sont si désastreuses qu'il le dit, et qu'aucune lueur qui puisse être élargie ne luît dans cette nuit profonde qu'il décrit, confortablement installé dans un vieux sentiment de supériorité. Bénédicte réagit vivement contre ce discours monochrome ; elle lui porte la contradiction. Bénédicte m'impressionne, elle est d'une intelligence fine et d'une intégrité absolue. Je découvre chez elle cette éthique de l'historienne qui est attachée à la véracité des faits et à la compréhension de leur dynamique. J'observe la scène, trop habitué que je suis à cette langue obscure, j'ai depuis longtemps décidé de ne plus épuiser mes forces sur la rocaille et de plutôt planter mes graines dans des terres qui me semblent plus fertiles : la conscience des jeunes Africains et Européens qui, eux, souhaitent réinventer la relation. Je me dis que les lignes de cette diplomatie d'influence ne bougeront pas tant que ce type de profil y prédominera, ces gens-là ne changeront pas, le moule a été trop parfait. Il faudra juste ne pas leur laisser le choix et leur imposer le respect. L'ambassadeur est courtois, parfois même affable, et légèrement jovial. Il s'enquiert rapidement de notre mission, mais ne semble pas trop vouloir nous écouter, trop occupé à nous donner son sentiment. Lui aussi connaît bien ce pays, il est l'ami de beaucoup de chefs traditionnels, dit-il. On comprend en filigrane qu'il a soutenu financièrement la construction du musée de Foumban. Son chef du SCAC et lui pensent que les chefferies seront en mesure de conserver les objets restitués, contrairement au Musée national de Yaoundé qui, selon eux, manque de compétences. D'ailleurs, le toit est actuellement réfectionné grâce à un contrat de désendettement de l'Agence française de développement (AFD) et, probablement, on verra ses objets volés et réintroduits sur les marchés de l'art, affirment-ils. À un moment de la conversation, ce monsieur lâche sans coup férir que l'intérêt des chefs traditionnels pour leur patrimoine a été suscité par eux, les Français. Ce sont eux, soutient-il, qui leur ont fait comprendre qu'ils possédaient des objets précieux à préserver. Ces derniers en auraient réellement pris conscience grâce à eux ; d'ailleurs ce fut aussi le cas des Allemands, ajoute-t-il.

Que dire ? L'éternel art de l'appropriation. En fait, rien de bien ne se fait, semble-t-il, sur cette terre sans leur docte intervention. Le fameux complexe des Lumières.

Nous visitons le Musée national. Il est abrité par l'ancien palais présidentiel, ancien palais du gouverneur. Les pièces sont spacieuses, les collections du premier étage bien présentées, le guide est compétent. Une salle a même été confiée à un musée privé qui y a installé son exposition. Le second étage est consacré à l'histoire politique du pays, une apologie des actions des deux autocrates qui ont dirigé le Cameroun depuis les indépendances. Cette partie est un musée de propagande. Nos regards s'arrêtent sur le premier hymne national camerounais qui fut en vigueur jusque dans les années 1970. On y lit : « Ô Cameroun, berceau de nos ancêtres/Autrefois tu vécus dans la barbarie/Comme un soleil tu commences à paraître/Peu à peu tu sors de ta sauvagerie… » Et là, je mesure les ravages de la violence épistémique coloniale qui a convaincu les Camerounais, ou du moins les rédacteurs de cet hymne, qu'ils étaient des sauvages engoncés dans leur barbarie, que le colon était venu leur apporter les lumières de la civilisation. Cette idée les a tellement infectés qu'ils l'ont reprise dans leur hymne national censé magnifier leur indépendance et la repossession d'eux-mêmes. Il a fallu attendre plus de dix ans pour expurger leur hymne national de ces incroyables paroles.

Notre mission me semble d'autant plus nécessaire. J'entrevois, une nouvelle fois, l'ampleur de l'œuvre de décolonialité qu'il faut entreprendre pour tous nos pays, à différents niveaux et à des degrés divers. L'impérieuse nécessité, préalable à tout avenir, de reconstruire le respect de soi-même, c'est un front qu'il faudra tenir ferme et en gagner toutes les batailles.

Sous le manguier de Boussoura

Niodior, 6-10 août 2014

La reconnaissance commence dans la pirogue. « C'est le fils de Rokhy Ndiaye. – Quelle Rokhy Ndiaye ? – Celle qui se marie à Boussoura, l'épouse de Mamadou Kaolack. – Ah, d'accord ! – Connais-tu Na Saly ? – Oui. Je suis sa fille. Ta mère et moi, nos mères ont le même père. » L'information circule, et chacun de révéler ses liens de parenté. Quarante-cinq personnes, moins d'une dizaine d'enfants, dans une pirogue qui vogue sur des eaux calmes en direction de Niodior. Il est 11 h 45, le soleil de ce mois d'août est clément. Fakhane et Gnilane sont du voyage. Reconnaissance, exhumation des liens de famille, tout cela dans une ambiance bon enfant. J'écoute cette langue. Elle est précise. Je fais particulièrement attention à ces mots que je connais, mais que je n'ai plus l'occasion d'utiliser. Ceux de l'art de la navigation et ceux plus particuliers qui disent des situations que je ne suis plus amené à vivre. 12 h 30. Arrivée à Niodior après un débarquement au wharf de Sindiala. Je demande à Gnilane si elle connaît le nom du quartier où nous débarquons. Elle est un peu perdue. D'habitude, c'est au wharf de Mbine Maack que nous accostons. J'en profite pour lui expliquer le découpage de Niodior-village en quartiers : Sindiala, Mbine Maack, Baaback, Damal. Fakhane rit sous cape. Nous arrivons à Dinguaré. Je demande à Fakhane s'il connaît le nom de la grand-rue qui sépare le village en deux. Il répond Ndinguare. Je me moque de lui, ce n'est pas Ndinguare, mais Dinguare. Je connais Niodior, rétorque-t-il ; je connais même les nouveaux quartiers : Médina, Babylone, Barcelone… Je le questionne sur les noms de quelques maisons familiales. Sur l'île, chaque maison porte un nom. C'est où Mbine Diouanecounda, Mbine Déwweer, Mbine Farakoo, Mbine Samba, Mbine Baaye ? Quelle famille habite à Mbine Baaye ? Il s'en sort pas mal.

Nous arrivons à Boussoura. Le Crédit Mutuel en face a désormais un mur de clôture peint en blanc surmonté d'une petite grille bleue et d'un portail de même couleur. Celui de Boussoura semble par contraste défraîchi. Je dis aux enfants qu'il est temps de le refaire. Ce qui me chagrine, c'est que ce mur que j'ai construit avec le Vieux, de mes mains, en 1985, est en train de tomber en ruine. Fakhane répond que le mur doit tomber et que l'histoire doit passer par là. Mémé Rokhy nous accueille, plus Gnilane que nous. Après avoir bu de l'eau, nous faisons le tour de la concession et sacrifions aux salamalecs habituels.

Après le repas de 14 heures, je passe l'après-midi à dormir dans la chambre qui donne sur la cour de la concession. La brise est bonne, il a plu la veille. Une pluie tant attendue. Voilà un mois que le mil est sous terre, et les paysans commencent à s'inquiéter de cet hivernage incertain. La dernière pluie date de plus d'un mois, trois jours après le début du ramadan. Je décide, durant ce séjour, de passer beaucoup de temps avec mes oncles, neveux, nièces, petits pères et tantes en m'asseyant avec eux, sous le manguier ou devant le bâtiment de Maama Secko (anciennement, celui de Maama Baack), les deux endroits où, habituellement, ils se retrouvent au cœur de la concession de Boussoura. Le manguier semble être le lieu de rencontre des femmes, et le mur du bâtiment de Maama Baack, celui des hommes. Les discussions tournent beaucoup ces premiers jours autour de la pluie et des préoccupations de l'hivernage, de la culture du mil. Puis peu à peu, incontrôlées, elles dérivent : plusieurs thèmes s'invitent, la vie quotidienne de l'île, les aventures vécues en Gambie, à Serrekunda et à Birkama, les bizarreries de Yahya Jammeh, la connivence entre un dealer de Serrekunda et la police gambienne, les péripéties lors des voyages en pirogue vers l'Espagne, les batailles navales contre les douaniers en mer. On raconte que Soumaila Mba a arraché un fusil à un douanier et l'a jeté à la mer.

La gendarmerie était venue le chercher sur l'île, il avait disparu un bon moment. Il était allé se cacher, semble-t-il, à Néma Koung-Koung. Les douaniers traquent les pirogues de l'île et leur prennent leur cargaison de fraude venue de la Gambie. Souvent, à la faveur de la discrétion de la haute mer, ils négocient avec eux une forte amende qu'ils ne reversent pas à l'État du Sénégal et les laissent repartir, non sans leur avoir pris des sacs de sucre, d'huile et divers produits. Parfois, la négociation échoue et tourne à l'affrontement. Les jeunes Niominka refusent l'arraisonnement de leurs pirogues, tranchent avec des coupe-coupe leurs ancres, bousculent les douaniers, tentent de leur arracher leurs fusils ; il arrive que des coups de feu partent et qu'il y ait mort d'homme. Souvent, ce sont des courses-poursuites en pleine nuit sur l'océan, ensuite dans les *bolongs**. Maama Secko ne comprend pas qu'une fois arrivés dans les *bolongs**, les douaniers puissent avoir le dessus.

Je me rappelle, adolescent, j'allais une nuit sur Djifère avec Abdou Fall en pirogue chercher ma mère qui était arrivée tard. Nous sommes tombés en pleine mer sur un douanier dans un Zodiac en panne d'essence. Nous l'avons remorqué jusqu'à Djifère. Lorsque, au retour au village, nous avons raconté cette histoire, tout le monde nous a reproché de l'avoir secouru, nous aurions dû le laisser mourir, nous rétorquait-on à l'unanimité, tellement la haine des douaniers était tenace chez les Niodiorois et tous les habitants du Gandun. Un peu avant, un jeune de l'île avait été tué par les douaniers lors d'une confrontation en pleine mer. Les Niodiorois estimaient que la Gambie, qui n'était qu'à trois heures de voyage en pirogue – on pouvait apercevoir, la nuit, les lumières de Banjul sur les toits du village –, était dans leur aire de battage naturelle. Pourquoi donc ne pouvaient-ils pas y acheter des marchandises pour approvisionner leurs boutiques, surtout que celles-ci y étaient moins chères? Le gouvernement appelait cela de la fraude.

Adaa Dji est passé. Il a coupé ses dreadlocks. Je lui demande s'il a apostasié. Il me répond qu'il a coupé ses tresses, mais continue à vivre sa philosophie rasta. J'écoute la tonalité des voix, la vigueur existentielle qu'on y entend, la conviction et la confiance qu'elles disent. Les jeunes garçons ont toujours cette démarche fière, l'allure impertinente et la musculature sculptée par les travaux champêtres, la pêche, le ramassage de coquillages, la coupe de bois et la lutte traditionnelle sérère. La vie est forte et sûre d'elle-même.

Ce matin, la discussion a beaucoup tourné autour de la transmission. Pourquoi le *Ndut** n'existe-t-il plus? Pourtant, à Falia, ils le font encore. Mon oncle Mame Thiokoy parle des anciens lutteurs du village, un peu de l'épopée de Maama Lang, de la rivalité, Lang Sadio-Pierre Tening, de la manière dont à l'époque les vieux désignaient le lutteur qui allait représenter le village, leurs critères de choix… Ismaila (le fameux Soumaila Mba) reproche aux plus anciens de ne pas transmettre aux plus jeunes les secrets qui leur furent confiés. Mame Thiokoy répond que c'est parce que ceux-ci sont devenus impertinents et impatients, ne savent ni attendre, ni écouter, ni parler, ni décoder ce qu'on leur dit entre les lignes. Veulent-ils même savoir ? Fakhane a retrouvé Moustapha Wagué et Gnilane, Diariatou.

Le tour de thé est un lieu de transmission, les expériences des uns et des autres y sont racontées, les plus jeunes veulent connaître tous les détails des histoires narrées. Ils posent des questions, demandent des précisions sur des aspects qui leur semblent peu clairs. « À quel moment as-tu arraché le fusil ? Le douanier était-il déjà dans la pirogue ? Qui a tranché l'ancre ? Aviez-vous des bûches dans la pirogue ? » C'est aussi un lieu d'apprentissage ; les bonnes attitudes sont mémorisées, les mauvaises font l'objet de railleries mais sont également enregistrées, ainsi que les noms de leurs protagonistes. Qui sait ? Un jour, il va falloir les éviter, et une réplique salée à un impertinent qui s'est tristement illustré pourrait être de mise.

Iconographies. Chez mon oncle maternel Alioune Ndiaye, le mur du salon raconte l'histoire de la famille. Des photos des enfants, des petits-enfants, de Maï Daba, son épouse. Un portrait d'Abdoulaye Bathily rappelle la fidélité aux engagements politiques. L'oncle a toujours été militant de la LD/MPT, la Ligue démocratique/Mouvement pour le parti du travail, de gauche. Un cargo des Seychelles évoque son passé de marin qui a vogué sur tous les océans, avec comme port d'attache Victoria. Aujourd'hui, il est impliqué dans toutes les affaires concernant la vie du village, plus particulièrement celles liées à l'école et au lycée. Deux de ses fils sont passés par l'armée sénégalaise. Famara Diéré, son demi-frère, fut aussi militaire. Il est décédé dans l'accident d'avion durant la guerre du Golfe des années 1990-1991 qui emporta beaucoup de soldats sénégalais. Ceux-ci allaient accomplir le petit pèlerinage, la Oumra, à La Mecque, lorsque la catastrophe survint. On leur avait confié la sécurité d'un puits de pétrole au Koweït. Youssoupha Pang, l'un des fils, après sa durée légale dans l'armée, travaille aujourd'hui dans un bureau de poste au nord du Sénégal. Mady, quant à lui, mon ami et compère de même classe d'âge, après un séjour en Casamance comme soldat, a émigré en Espagne. Ismaila Mignane, le jeune frère de Mady, est celui qui a fait de longues études, il enseigne aujourd'hui la philosophie dans un lycée de Rufisque. Certains de ses diplômes vaillamment arrachés trônent sur le mur. Birama Thiaré tenta trois ou quatre fois l'émigration en Espagne par la mer. Il a fini par renoncer. Il tient aujourd'hui la boutique de Ma Bassou à Mbine Ndiaye. Une vieille photo en noir et blanc évoque une séance de lutte. Je suppose que l'un des lutteurs, c'est tonton Alou lui-même. Idem, chez tonton Aladji Séko Ndiaye et tata Djayi Saly, le mur du salon est un vitrail : s'y étale une galerie de photos familiales.

Tonton Aladji Séko Ndiaye, après m'avoir reproché de n'être pas passé le voir la dernière fois que je suis venu à Niodior, me rappelle que le village a beaucoup de ressources : les produits de la mer, les fruits de la campagne, des terres fertiles, des femmes et des hommes durs au labeur. Qu'il suffit de peu pour qu'il soit encore plus florissant. « Les gens ici n'ont jamais attendu grand-chose de l'État. Nous devons nous impliquer davantage, dit-il, afin d'aider le village à aller de l'avant. »

La nuit est tombée. Le ciel est éclairé par une lune pleine. Les cocotiers, au-dessus des murs des bâtisses, veillent sur la concession. L'atmosphère est paisible, la brise agréable, la lumière du ciel éclaire la grande cour de Boussoura.

On rapporte que c'est Sambou Sira, chef du village de l'époque, qui demanda à Bakka Sira, son gaillard de frère, de jeter de toutes ses forces une hache (ou son manche) en direction des quatre points cardinaux (trois fois par direction) pour fixer les limites de l'espace que Maama Saliou allait défricher pour établir sa demeure. À l'époque, ce lieu que l'on appelle O Diongola était une brousse touffue située en dehors de l'espace habité du village. Séko Yaaboun, marabout de Bakalar, ami de Maama Saliou, lui avait prédit que sa demeure serait en dehors du village, là où il y a le grand *mbadatt**. Boussoura, qui est l'une des portes du paradis (ou un jardin au paradis), fut le nom donné par Séko Yaaboun à la concession, il l'aurait vu en *listikhar**. Maama Saliou et son frère Maama Lang déménagèrent leurs familles de Mbine Samba, au cœur de Niodior, à Boussoura, en 1951. Parmi les enfants, il y avait mon père, Moussa, Insa Fatou, Mame Thiokoy, Mariama Sarr, Bineta et Talibouya. Le fils d'Insa, Abdou Adjidj, est le premier à être né dans la nouvelle concession. Il a fallu les premiers temps lutter contre les fourmis, les hyènes, les serpents et les chiens sauvages pour rendre ce paradis sûr et habitable.

La journée se lève sur Niodior. La lumière est douce. Chants des coqs, hennissement des chevaux, salutations du matin : « *Mbaldo nu Mbédé jam.* » Rumeurs de la concession.

Mon oncle Djibril Ndiaye O Tchil O Ngoor est décédé hier dans la nuit à Dakar (8 août). Il fit toute sa carrière dans la gendarmerie. Il eut huit filles et finalement un garçon. C'est l'homonyme de mon jeune frère, Djiby. Une pirogue est prévue à 5 heures du matin pour ceux qui souhaitent assister à l'enterrement à Thiaroye. Un grand-oncle, que je ne connais pas, se souvient de lui et raconte. Dans les années 1960, il était tailleur à Kaolack et, un jour, il vit arriver mon père et mon oncle Djibril Ndiaye au marché où il avait son atelier de couture. Crânes rasés, ils avaient décidé d'aller à Bango (Saint-Louis) s'engager dans l'armée. Ils lui avaient confié leurs deux valises et lui avaient demandé de les mettre dans la première pirogue à destination de Niodior.

Un arrêt à Mbine NDéwer pour présenter mes condoléances à Démal pour le décès de ma tante Mariama Sarr, la sœur aînée de mon père. Elle est absente ; partie à Mbamboukhar ramener les affaires de la défunte. Peut-être qu'elle rentrera par la pirogue de jeudi, me dit sa fille, Maï Sarr. Ma cousine, Maama Niid, est presque à terme. Depuis deux jours, elle est au dispensaire attendant sa délivrance. Ibou Ba, l'infirmier d'État, est absent de l'île ainsi que la sage-femme. Finalement, il a été décidé de l'évacuer à Joal en pirogue. Les habitants de l'île se plaignent des absences fréquentes d'Ibou Ba, qui ne reste plus une semaine entière sans quitter l'île sous divers prétextes : séminaires, réunions… L'hivernage dernier, c'était pareil, beaucoup de personnes sont tombées malades en son absence. Il se raconte qu'il prépare sa retraite, a construit sa maison à Keur Massar et monte une pharmacie. Après vingt ans de bons et loyaux services, son engagement s'est émoussé. Les habitants de l'île estiment qu'on doit le remplacer. De plus, vu la taille de Niodior, il est temps qu'il y ait un médecin en permanence sur l'île.

Saliou Ndong, qui a été évacué depuis deux jours dans ce poste de santé, sans infirmier d'État, vient de décéder ce 9 août 2014 vers midi. À 18 heures, sa femme a mis au monde un garçon. Il portera certainement le prénom du père décédé. Cet enfant sera appelé O Kout ou Madane (« Celui qui est venu en l'absence de l'autre »). Il était écrit que le père et le fils n'allaient pas se croiser ici-bas. Maama Niid fut finalement évacuée à Mbour, on vient d'apprendre qu'elle a donné naissance dans l'après-midi à une fille. Un gamin de la concession, le petit Solo, se fait corriger par Séko. De ma chambre, j'entends ses cris et le bruit des coups. Mansoor, mon cousin, m'explique qu'on lui reproche d'avoir la main leste, c'est un petit voleur en puissance, il couve une cleptomanie, et Séko Sadibou essaie de l'en guérir. De plus, il rechigne aux travaux champêtres. Coups et cris s'intensifient, le gamin saute le petit muret, traverse la cour de Boussoura et essaie de s'enfuir en courant. Il réussit même à sortir de la concession. Séko le poursuit. Personne n'intervient. Il le rattrape. Quelques minutes plus tard, il le ramène dans la concession en le tenant par le collet. J'entends lui dire : « *Xan o ref o kin mba xan warom*. Tu seras quelqu'un de droit ou je te tuerai[3]. »

3. Dans le sens : un bon être humain.

Istanbul

4-7 décembre 2019

J'arrive à Istanbul à la tombée de la nuit. L'aéroport est en dehors de la ville. Des collines dressent leur mystère dans la pénombre. Dans l'avion, j'ai lu un livre de Jean-Yves Leloup. Ses mots essentiels résonnent encore. Omer Yehouessi est décédé il y a quelques jours. J'ai appris la nouvelle, j'étais au Cameroun, à Souza. J'ai eu ses frères Patrick et Maxime au téléphone. Ils accueillent cette mort avec une grande sérénité. Omer était mon ami. J'ai décidé de lui composer une chanson, en hommage au généreux musicien qu'il était. Un air m'est venu. La chanson sera pour son fils Roméo, qui a quinze ans.

Yehouessi Omer (3 times) a rétahina.
Roméo mougni (3 times)
Accords : *do* mineur/*sol* dièse majeur/*sol* mineur/*fa* mineur.

Istanbul, la ville bâtie se fait désirer. Il y a toujours ce moment où l'on est arrivé, mais où l'on ne voit pas encore la ville. Est-elle plate ? Se dresse-t-elle en hauteur ? Est-elle chatoyante ? Terne ? Les bras ouverts ? Recroquevillée ? Une petite pluie tombe. Je distingue les premières bâtisses. Un ventre qui crie famine. Turkish Airlines, pour presque sept heures de vol, nous a servi un seul repas. L'économie néolibérale dans sa splendeur. Dans certaines compagnies low cost sur des petites distances, il faut soi-même acheter son café ou son repas. Soudain, sur le pont, la ville dans la cuvette, illuminée. Des maisons à flanc de coteau. Je pense à James Baldwin venu ici chercher la paix d'une vie individuelle libre. Au cœur de la ville. Une rue qui monte. Un air de Lisbonne.

Sept mois sont passés.

Hammamhane Hôtel, rue Cukurcuma, dans le quartier de Firuzağa. Une rue d'antiquaires et d'artisans. Une mosaïque de fabriques d'objets soignés, finement ciselés, pour lesquels le travail fut une œuvre. La beauté conçue à taille humaine. Le lieu est paisible et inspirant. Nikawa, mon hôte, a bien choisi. En remontant l'avenue qui mène à la place Taksim, subitement me vient le souvenir de la rencontre de Shams et Djalâl ad-Dîn Rûmî. Shams est un mystique errant du XIIIe siècle, né à Tabriz. Après l'avoir longtemps cherché, il finit par rencontrer Rûmî, l'éminent théologien né à Balkh, dans l'Afghanistan actuel, entouré de ses disciples. L'on raconte qu'il attrapa la bride de son cheval et lui posa une question à brûle-pourpoint. Rûmî, bouleversé par la question, descendit de son cheval, le suivit, s'enferma avec lui pendant quarante jours et devint son disciple dans la voie mystique. Une conversion à proprement parler. De théologien, il devint soufi, substitua la science livresque à celle du cœur et fonda la Mawlawiya, l'ordre des derviches tourneurs. Sa famille, fuyant l'invasion mongole, s'était établie en Anatolie, dans la Turquie actuelle. Rûmî, rapportant cette rencontre dans son *Diwan e-Shams*, dira qu'il était cru et qu'après avoir rencontré Shams de Tabriz il fut cuit, brûlé, consumé, calciné. La question énigmatique qui a fait basculer Rûmî, Sanaï en donne une version. D'après lui, Shams aurait demandé à Rûmî : « À quoi te sert une connaissance qui ne te sort pas de toi-même ? »

Dans une même rue, de petites échoppes côtoient de grandes enseignes ; les lieux, les époques, les styles, les temporalités s'enchevêtrent. J'aime cette multiplicité qui se donne à voir et à ressentir. Comme le Bosphore qui relie l'Asie à l'Europe, comme l'église Sainte-Sophie avec ses vitraux surmontés de calligraphies arabes et de versets du Coran. Ce lieu de culte hybride, où se sont mêlés les arts chrétien et musulman dans un même élan vers l'infini, est des plus beaux.

Dans la ville, tout ou presque est écrit en turc. Acheter un ticket de tram dans une machine est une équation à quelques inconnues à résoudre. Quelque chose comme un parfum d'identité forte, une unité, une manière de faire bloc fondée sur sa propre culture et sa langue. Partir de soi-même. Peut-être que nous avons survalorisé l'hybridité. La cohérence interne est peut-être la clé d'une solidité nécessaire à l'ouverture. Que fait-on quand l'autre nous habite déjà ? Sous la peau. Sous la langue. Construire une solidité de synthèse ? Je pense aux impasses de l'identité : le génocide des Arméniens en 1915, la question kurde. Je n'oublie pas aussi la dureté de ce régime. La répression de tous ceux qui seraient affiliés à Fethullah Gülen, depuis le coup d'État raté de juillet 2016 contre Recep Tayyip Erdoğan.

Je suis physiquement à Istanbul, mais mentalement à Konya. « D'où que vous veniez, entrez car ici est la demeure de l'amour. » J'écris un poème que je veux d'or et d'ambre. Un requiem pour Omer et un poème pour mon âme perdue de vue et qui, soudainement, réapparaît sous l'ombre d'une verrière. L'Orient commence ici. Mon âme a survécu aux froids du Grand Nord, elle me donne rendez-vous dans cette ville, au cœur de sa beauté. Le poème attend dans l'antichambre du songe que le jusant livre ses secrets. Après *La Conférence des oiseaux*, un repas dans un petit resto qui a du caractère. Un serveur avenant, des mets exquis, de la musique noire américaine tempèrent le dépaysement et réchauffent l'âme. Un soin porté aux petits détails, signe d'une civilisation ancienne. Et puis cette autre attente. La vie peut-être. Sous quelle forme apparaîtra-t-elle ?

Istanbul est une énigme.

Le poème avance avec sa part d'ombre, de mystère à habiter, d'étonnements à expérimenter. Du haut de son port altier, dans une sereine lenteur, il livre ses vers au trébuchet.

Les Soldats de Salamine

Le Caire, Alexandrie, fin janvier 2020

Le Caire est une ville palimpseste. Elle a l'air d'un grand collage. Un sentiment de densité vous happe dès les premières minutes. Vingt millions d'âmes y vivent. Nous prenons la route d'Alexandrie. J'aperçois de loin sur ma gauche les fameuses pyramides. Je m'interroge sur les raisons de la puissance avec laquelle ces tours de pierre ont investi nos imaginaires. Est-ce la capacité de construire des édifices qui défient le temps et tutoient le ciel, le désir qu'elles portent d'immortalité et de faire trace, le secret percé des volumes et des formes, le nombre d'or, les clés de la stabilité enfin trouvées ? Une généalogie nous fait remonter à l'Égypte. D'ici, se seraient élancés mes ancêtres sérères vers l'ouest. La traversée du Sahara fertile de l'époque, les escales dans le Tassili, le Hoggar, l'arrivée au Tékrour ancien. Je pense à mon père qui, ayant visité la vallée du Nil, me disait qu'il s'y sentait chez lui ; quelque chose lui était familier, une étrange réminiscence lui donnait le sentiment d'avoir déjà habité les lieux. Je pense à Cheikh Anta Diop, qui a fait remonter notre histoire jusqu'ici, nous a redonné le crédit de notre ancienne civilisation, et qui a passé sa vie à retisser les fils de notre continuité historique.

Mbougar est dans le minibus qui nous mène à Alexandrie. Son écriture est lucide et sa voix est déjà puissante. Il laissera une trace lumineuse dans la littérature. C'est sûr. Ce genre de choses se sait. Il lit Javier Cercas, *Les Soldats de Salamine*. Dans le bus, la discussion est animée. Elle est fantasque. On saute d'un sujet à l'autre. La langue arabe classique et l'arabe dialectal. Les mots du calendrier qui viendraient de l'égyptien copte, qui les aurait empruntés aux hiéroglyphes démotiques. Oum Kalthoum la cantatrice et la récitation du Coran qui ont popularisé l'arabe classique et la poésie, dans cette région du monde. Son concert de 1969 à l'Olympia. Son titre, *Al-Atlal*, ce moment où elle dit « libère mes liens ».

Je suis avec David Ruffel qui nous a invités, Stéphane Durand, Mbougar Sarr et moi, à la « Nuit des idées », à converser sur le vivant. Stéphane a un regard lucide sur l'écologie. Son livre donne de l'espoir et des motifs pour agir. Rien n'est totalement perdu, on peut encore renverser la vapeur. Hany Hanna nous accompagne. C'est un esprit fin. Il a une connaissance intime de ce pays. Il nous introduit dans les recoins de ses songes et nous entrouvre ses pièces réservées. Nous prenons une autoroute à quatre voies qui traverse le désert. Un canal a dévié les eaux du Nil. Une oasis s'aperçoit au loin. Chez Hany, le souvenir de la guerre des Six Jours, perdue en six heures. L'aviation égyptienne clouée au sol par Israël.

Alexandrie est une ville menacée par la montée des eaux. Elle a le visage tourné vers le passé. Rien ne trouble sa nostalgie. Une vie nocturne y palpite. Bars à chichas remplis de jeunes hommes qui certainement ne se lèveront pas le lendemain matin pour aller bosser. L'emploi est rare ici. Voyager. Voir et revoir la beauté du monde. Sous ce ciel, elle n'est pas encore *commodifiée*. Les frontières, l'appropriation des territoires empêchent les humains de humer le monde. Une digue n'arrêtera pas la mer. Le barrage d'Assouan construit par Nasser a bloqué l'écoulement des sédiments. La catastrophe écologique est imminente. Un barrage participait de l'imaginaire du progrès de l'époque. Aujourd'hui, il s'agit de vivre dans une ville qui va disparaître. La ville médiévale de Qait-Bay résiste. Comment rester vivant ?

Dans la même journée, je vois trois pays. À l'aube, je traverse de nouveau Le Caire. La nouvelle ville, New Cairo, veut ressembler à Dubai. Je quitte le quartier Zamalek. La place Tahrir est encore endormie, bercée par un Nil encadré par des berges en béton. La Royal Air Maroc (RAM) a quatre heures de retard. Aucune information ne nous est donnée. Une journée entière passée à

Casablanca. Je m'installe dans un café à côté de la porte d'embarquement et travaille sur mon séminaire d'anthropologie économique, que je dois donner aux doctorants ce mardi, à Saint-Louis. Au bout de six heures d'attente, ça se bouscule dans la file. Il faudra un jour que j'écrive sur le racisme des agents de la RAM. J'en ai une longue expérience pour avoir maintes fois voyagé sur leurs lignes, et la plupart des Africains subsahariens qui prennent cette compagnie la partagent avec moi.

La Roche blanche

Cassis, 14 octobre 2018

Ici, c'est le premier kilomètre qui est difficile. Un col abrupt qui ne cesse de monter en degrés tous les deux cents mètres, une pente qui se raidit. Je l'affronte dans la brume du jour qui se lève, un petit vent frais me fouette le visage. On peut craquer avant d'aborder le virage de l'avenue Jean-Jacques-Garcin. Il faut tenir. Ensuite, ça dévale. Forte déclivité. J'en profite pour souffler, récupérer, ne pas trop accélérer cependant le dévalement, le ralentir, en jouir le plus longtemps possible. Ensuite, la route est plane jusqu'à l'entrée du parc des Calanques.

Cela fait douze jours que je suis à Cassis, dans une résidence pour chercheurs, écrivains et artistes administrée par la Fondation Camargo. Le lieu existe depuis les années 1970 et a jusque-là principalement accueilli des chercheurs américains. J'y suis grâce à l'amitié de

Jan Goossens et de Julie Chénot. J'y travaille à finaliser ce fameux rapport et à remettre en branle *Kansala*, ce roman que je porte en moi depuis plusieurs années. Je loge dans un studio, « La Pierre froide », qui donne sur la mer et qu'ouvre une grande terrasse, en face du phare de Cassis. Je suis encadré par deux plages. À ma droite, celle du Bestouan à seulement cinq minutes de marche, un rivage de galets, une crique où s'abattent des vagues en fin de course, et celle de la grande mer, de sable fin, à dix minutes à pied sur ma gauche.

Programme quotidien: footing le matin, puis *budo* sur la terrasse, ensuite écriture jusqu'à l'heure du repas choisi (celui du midi ou du soir). *Zazen* du soir, lecture ou visionnage d'un film.

La remise en route du souffle et du corps sur la corniche ouest de Dakar, en juillet-août dernier, m'aide à affronter ces cols qui mènent à la calanque de Port-Miou, à ses roches blanches et à sa plage bleue. Au retour, il faut de nouveau gravir une pente, mais plus légère cette fois-ci. Arrivé à l'avenue Jean-Jacques-Garcin, mort pour la France, c'est la récompense. Ça dévale, le jour se lève, et la montagne de la pointe des Lombards découpe la Méditerranée. La baie de Cassis est d'un bleu qu'irisent les rayons d'un soleil naissant. Tout conspire à la majesté ; les bruits de la mer, la force de la montagne qui semble assise sur les flots, sa stabilité radieuse.

Aujourd'hui, je suis parti marcher en milieu de matinée. Refaire le même chemin, mais au pas lent du chamelier. Je remarque des détails qui m'échappent à l'aube. La pente, toujours à aborder doucement. Je ne me hâte pas et cherche cet autre rythme interne qui est fondamentalement mien. Celui qui articule mon poids, mon âge, ma mécanique intérieure, la cadence de mes errances. Je rencontre d'autres marcheurs sur le chemin et note qu'ils sont tous en binôme, un homme et une femme. Le couple, une paire généralement dysfonctionnelle, mais nécessaire. « Parfois, de rares fois, de belles fois, la foudre tombe vraiment, tue vraiment. C'est l'amour. »

Je me suis laissé un espace-temps libre, non contraint par une activité à faire à une heure précise. Une déambulation sans but ; marcher, laisser les pensées vaquer, décanter, être disponible à ce qui surgit au coin de la rue. Dans les oreilles, l'album *Where You Live* de Tracy Chapman. Écoute passive. Vigilance passive. C'est comme le *budo* de ces dernières années. Finies, la compétition et la performance. Travailler lentement et en profondeur.

L'idée est de pratiquer toute sa vie durant. Aussi, les choses seront atteintes à un moment. Le geste parfait – ou pas, d'ailleurs – l'essentiel est la forge continue du mouvement. On ne pratique pas de la même manière à quarante-six ans qu'à dix-huit. Le corps peut moins, mais endure plus, et surtout le mental travaille plus quand le corps a moins de capacités.

J'apprends progressivement à substituer la méditation formelle, en position assise, le dos droit, le menton légèrement rentré, les épaules relâchées, le souffle profond, à la simple présence à soi. Debout devant la mer, sans désirer capturer sa beauté changeante. Être là tout simplement. Assis en attendant le bus, marcher consciemment, être à son pas, au mouvement de son corps, éprouver le tremblement de la vie en soi. Être pleinement présent dans une conversation : écouter sans désirer interrompre ou trop vite contredire. Être présent à chaque infime tâche, comme si la marche de l'univers en dépendait. Laisser les choses venir à point nommé, se réaliser et s'en aller. Vivre ses nuits profondément, les accepter. Mener ses luttes farouchement et en considérer l'issue avec le détachement du passant. Accueillir le jour et ses soudaines lumières.

Considérer que tout m'a été gracieusement donné. La vie, le temps imparti, l'air que je respire, les mots de la langue que je parle, les pensées qui me viennent à l'aube, le sourire fugace, ce soleil que je hume. À mon tour, de ce vécu, il va bien falloir que je partage les fruits de saison. C'est pourquoi, pour moi, est fondamental le geste de la transmission. J'ai vécu, j'ai creusé, et il me semble qu'il y a quelque chose que j'ai touché, vu, reconnu, trouvé qui m'a aidé à vivre et qui pourrait être utile à autrui.

Puisque je dois partir un jour, pourquoi le garder pour moi ? J'ajoute, si possible, à la vie qui m'a été donnée, du viable, des provisions pour l'approfondir et en densifier la texture. Seulement ce qui ajoute de la vie à la vie me semble digne d'être transmis.

De la Roche blanche, j'apprends à m'asseoir à califourchon sur les flots, à laisser la vague me fouetter le visage, et à sa submersion, fixer des limites. Ici, mer, tu t'arrêteras pour qu'il y ait terre et demeure, et que les humains s'y établissent. Qu'ils y cultivent la vie, la soignent et s'y déploient. Et peut-être, avant de continuer leur long voyage, qu'il leur soit donné d'y faire l'expérience de la plus profonde des libertés et de l'irrémédiable beauté, au cœur de leurs nuits.

Felwine

« L'aimé de tous », « Celui que tout le monde aime » ou encore « Celui qui plaît aux gens », voilà ce que signifie Felwine, en sérère bien sûr ! Non que mon doux géniteur ait ignoré la mare visqueuse qui gît aux tréfonds de l'âme humaine, ou qu'il ait oublié les difficultés rencontrées par toutes les religions qui se sont essayées à faire aimer chacun son prochain, ou encore qu'il ignorât que désirer se faire aimer de tous était en soi problématique et que cela produisait parfois des chiffes molles sans convictions, recherchant obsessionnellement dans tout acte l'assentiment d'autrui, ce nom relève plutôt d'une saga familiale dont le décor fut l'île de Niodior, quelque part dans l'Atlantique, aux alentours du début des *seventies*.

Il paraît que de son prénom, on hérite sept traits de caractère. Suggestion du groupe à celui qui répond au nom donné, d'être à la hauteur des qualités attendues de lui, lesquelles sont incluses dans le prénom savamment déniché : désirer être à la hauteur de son prénom, si celui-ci est bien choisi, permet de cultiver diverses qualités qui font que l'on se fait apprécier, pour les bonnes raisons, de la masse. Qualités qui, en pays sérère, se nomment : Jom, Ngor, Kersa, Fula[4]. À Fakhane, on demandera d'incarner la bonté et la générosité ; à Sédar, de ne point nous couvrir de honte ; et à Gnilane, de n'avoir point besoin de la scruter de près pour savoir que *all is always alright* chez elle.

Des oreilles indiscrètes me rapportèrent que mon père, avant de connaître ma mère, eut une dulcinée à qui, naturellement, comme tous les hommes de cette époque, il promit le mariage. L'histoire, je ne sais pour quelle raison, ne se conclut pas. Comme d'habitude, depuis les premières tribus du lac Victoria, les familles savent toujours mettre en œuvre tous les micmacs possibles et imaginables pour empêcher les gens de s'aimer et de vivre en paix : caste, clan, lignage, tête de bétail, arpents de terres, race, sang… Bref, le groupe adore faire main basse sur l'énergie de l'élan vital ou l'économie libidineuse, comme aime à dire notre ami viennois, la collectiviser et la diriger aux fins exclusives de la communauté. Par la suite, mon père rencontra ma mère et leur idylle se conclut en un mariage qui promit de me faire advenir ici-bas. Peut-être n'ont-ils rien choisi et que leur rencontre était le résultat de ma volonté de participer à l'aventure humaine.

4. Courage, Honneur, Pudeur, Conviction.

Certains peuples pensent même que l'enfant à naître choisit ses parents et crée les conditions de leur rencontre. Toujours est-il que l'ancienne future belle-famille, déçue du mariage avorté avec un jeune Niominka courageux, travailleur, endurant et prometteur, décida que l'enfant qui naîtrait de cette union ne vivrait point. Dans ce coin du monde, les intentions, mêmes peu catholiques, savent s'exprimer au grand jour.

Chose promise, chose due. À ma naissance, après mon premier cri de pulmonation réussi, celui qui me fit quitter la viviparité, et mes premières heures sous la pression atmosphérique, mes parents remarquèrent que ma fontanelle s'élargissait plus que de raison, heure après heure, et que j'avais déjà une grosse tête avec un centre frêle et fragile, recouvert d'un lambeau de tissu qui menaçait de craquer sous la plus petite des pressions. L'on voyait même cette fine membrane vibrer sous la résonance des battements de mon cœur. Je fus atteint d'une maladie que l'on appelle dans mon île *kounfara*, dont beaucoup de nourrissons décèdent. Ma grand-mère Aminata prit aussitôt le chemin de la forêt et alla cueillir racines et plantes médicinales appropriées, mon grand-père paternel Saalou Ndoukou prit celui des *moros** du Niomi et alla recueillir les arcanes mystiques qui soignent, et mon grand-père maternel Youssou Bakh ouvrit la besace des secrets de Kumax qu'il gardait précieusement pour protéger les initiés dont il avait la charge.

Ils me soignèrent, refermèrent ma fontaine-fontanelle et remodelèrent l'arrondi de la tête d'œuf que porte mon cou depuis cette année-là. Lorsque je fus rétabli, à la veille du septième jour où l'on devait me donner un nom, mon père, par bravade, décida que non seulement je vivrais, parole de Niominka, mais, de surcroît, que je serais aimé de tous ! Ainsi décida-t-il de m'appeler Felwine, « Celui que les gens aiment » !

Liberté II

5 h 45. Réveil sans difficulté. Je me suis couché la veille avec l'idée que, si le matin je me réveillais tôt et me sentais reposé, j'irais courir dans le quartier. 6 h 05, je dévale les escaliers et me dirige au pas de course vers un petit terrain de basket que j'ai repéré à Liberté II, pas loin du collège Sacré-Cœur où j'ai eu mon bac. Le mètre ici est le périmètre du *playground*. J'en fais le tour en trente-sept secondes, il me faut donc à peu près trente-deux tours pour courir vingt minutes, auxquelles j'ajoute les cinq minutes qui m'ont mené ici. Assez pour réveiller le corps et l'échauffer pour le *budo*. Il fait encore nuit. Quelques fidèles se dirigent vers la mosquée qui appelle à la prière de l'aube. Ils ont tous un âge avancé. Au moment où j'aborde mon vingtième tour, un jeune arrive, ballon de basket à la main, et s'entraîne au shoot dans la pénombre. On distingue à peine le panier. J'imagine qu'il rêve de devenir un dieu des stades et qu'il ne rate aucun match de la NBA. D'ailleurs plusieurs Sénégalais sont des héros

de la NBA, Gorgui Dieng, Tacko Fall, DeSagana Diop. Pourquoi pas lui, un jour, peut-être. Le rêve se forge dans la sueur. Programme de ce matin, les *kiyons* habituels : *gedan barai*, *ude uke*, *jodan ague uke*, *oi suki*. Chaque mouvement est effectué cinquante fois dont vingt fois en accéléré, où je ne pense plus le geste et me laisse être agi par lui. Je décide de travailler deux séries d'enchaînements. D'abord *mae geri*, *maeté gyku-maité* en déplacement. Ensuite, un enchaînement, *mae geri*, *mawashi-ura mawashi*, qui oblige à travailler la vélocité, l'impact et l'équilibre. Au programme des *katas* : *bassai* et *kanku*.

Il fait toujours nuit. Le petit carré s'anime peu à peu. Des femmes de ménage, des ouvriers, des écoliers et lycéens sont les premiers à prendre le chemin du labeur. Beaucoup le font à pied, certains attendent les transports en commun toujours bondés. Les cadres se lèveront plus tard et prendront leurs voitures. Les hommes rentrent de la mosquée, chapelet à la main, certains récitent encore tout haut leurs litanies. J'entends la *wazifa* et en conclus que la mosquée voisine est d'obédience *tidjane*. Quelques magasins relèvent leurs rideaux mécaniques. Au bout d'une heure de *budo*, je prends le chemin du retour, cette fois-ci en marchant. J'achète une baguette de pain et une brique de jus d'orange dans une boutique attenante au terrain de basket. Dans la rue perpendiculaire à la mienne, je remarque que seulement deux échoppes sont ouvertes. Celle de ma rue ouvre encore plus tard. Son tenancier est un dormeur.

Les derniers mètres de la course ont une saveur : celle de la fin prochaine de l'effort, de la victoire sur soi, du second souffle trouvé qui vous donne le sentiment que vous pouvez encore courir ainsi des heures sans vous arrêter. Qu'enfin, l'énergie cosmique, le tao, circule en flux continu à travers votre corps, que vous êtes connecté au Tout et que vous êtes un véhicule du souffle du monde, que votre corps fait circuler sans pertes. Les derniers mètres qui me séparent de la maison ont aussi la saveur du retour. Celle que désire la nostalgie. Une saveur particulière. Celle que je goûte en rentrant d'un long voyage et en anticipant la chaleur de mon foyer, l'accueil enthousiaste de Gnilane du haut de ses dix-sept ans bien sonnés, l'odeur du café qui coulera, le sourire radieux de mes livres qui ont trop longtemps attendu que je les caresse et que je les effeuille. La musique de Wasis Diop, de Richard Bona, de Robert Nesta ou de Miles qui se distillera dans la pièce. Et ce moment où je défais ma valise, trie le linge, sors les livres achetés lors du voyage, le chocolat pour Gnilane et les souvenirs qui s'échappent des bouts de papier, des plans de la ville que j'ai gardés. Ce moment où je m'affale sur le lit, dans la pénombre, enfin arrivé chez moi. Les talons constellés des poussières du monde, en attendant le jour où je reprendrai le voyage, cette fois-ci pour le cosmos.

Ndar Guedj

Juillet 2020

Ce voyage à Saint-Louis est particulier. J'y vais pour dire au revoir et gérer les affaires courantes, comme aurait dit le Vieux. Après treize ans de bons et loyaux services, je m'apprête à quitter l'université Gaston-Berger de Saint-Louis pour aller enseigner aux États-Unis, à Duke University, en Caroline du Nord. J'habiterai désormais à Durham, sur l'autre rive de l'Atlantique. En allant déjeuner à la Résidence avec mon amie Clémentine, je rencontre à l'Agneau carnivore Paule Thierry, qui m'avait aidé, lors de mon arrivée à Ndar, à trouver une maison. Paule a accompagné mes premiers pas. Elle vivait à Dakar ces dernières années. Elle vient de revenir à Saint-Louis et a trouvé à louer l'appartement dans lequel j'ai vécu. Étrange coïncidence qui a la saveur d'une boucle qui se referme. Clémentine, après une vingtaine d'années passées au Sénégal à affiner son sentier lumineux, reprend le chemin de son pays natal. Chassé-croisé des départs. Je passe voir Adama Diaw, qui m'a accueilli au département d'économie. Il en est l'autorité morale et scientifique. Il m'a encouragé à aller au concours d'agrégation et a été mon mentor. Une personnalité calme, sage, bienveillante. On passe une heure et demie à discuter, du pays, de la fac, du passage à l'Éco, de choses et d'autres. Il me suggère à demi-mot que je pourrais garder mes enseignements à l'UGB en venant les assurer après la fin du semestre à Duke. En prenant congé, son épouse me dit que son frère vit en Caroline du Nord. Elle établira le contact entre nous.

J'arrive à la fac et la trouve déserte. Nous sommes en temps de pandémie. Les cours en présentiel sont arrêtés. Quelques doctorants travaillent au bâtiment G. Je rencontre Malick, que j'encadre en thèse et dont la soutenance aura lieu dans quelques jours. Je récupère dans mon bureau un cadre dans lequel il y a le portrait de mon père en tenue traditionnelle sérère, et celui de Gnilane quand elle avait sept ans. Je prends aussi une pierre zen que j'ai depuis Orléans. Je laisse tout le reste. Des vieux papiers, des articles, des cours dans des chemises, un portrait de Césaire et d'Alioune Diop, une affiche des « Traversées mauritanides », une soixantaine de livres d'économie que je compte léguer à Muhammad Ba. J'enseignerai désormais les humanités. Je m'arrête à Ngallele chez mon oncle Cheikhou Diouf et ma tante

Bintou Diop. Mon cousin Ibrahima Sarr, qui enseigne au CRAC et que j'avais prévenu de ma visite, est présent. Lui, mon oncle Cheikhou Diouf et moi passons un bel après-midi. Nous sommes parents et collègues. Le lien est ténu. Cheikhou Diouf avait déposé mon dossier il y a treize ans à l'UFR d'économie et m'avait accueilli chez lui les premiers jours de mon arrivée à Saint-Louis. Je les évoque dans *Méditations africaines*. Ma tante Bintou est toujours aussi prévenante. Elle nous demande d'aller dans le salon, il y fait moins chaud. La discussion est chaleureuse. Mon oncle est fier d'avoir gardé une épreuve du master en traduction et interprétariat (MATIC) dans laquelle un extrait d'*Afrotopia* était proposé à la réflexion des étudiants. Ils sont tristes, mais heureux que je prenne ce nouveau chemin. Je passe devant la maison dans laquelle j'ai habité à Vauvert pendant quelques années. Des souvenirs remontent. Je pense à Penda, Aram et aux jumelles. Le soir, je dîne à la Kora avec mes amis Doudou Boye, Abdou Seck, Blondin Cissé, Muhammad Ba et ma sœur Mossane. J'arrive quelques minutes avant l'heure indiquée. Je bavarde avec Peguy, la propriétaire. Je mesure les ravages du coronavirus dans les secteurs de l'hôtellerie et de la restauration. L'ambiance est rapidement conviviale. Les échanges oscillent entre blagues, taquineries et réflexions sérieuses sur les temps que nous vivons. Blondin est philosophe, Abdou anthropologue, Doudou juriste, Muhammad économiste et Mossane étudie la communication. Mes amis savent que je viens leur dire au revoir et décident de faire de ce moment un instant fraternel et agréable. Blondin et Abdou Seck m'offrent des livres. Des calligraphies de Hassan Massoudy et un livre sur les oiseaux du Sénégal. On quitte la Kora vers 23 heures. Je marche avec Doudou, Mossane et Muhammad. Blondin et Abdou rentrent à moto. Muhammad fut mon ancien doctorant. Il est aussi ceinture noire de karaté dans la tradition *shotokan*. Il est mon suppléant au dojo et entraîne le groupe quand je suis absent. Nous sommes devenus amis. Il est d'une grande rectitude et d'une absolue fiabilité. Au dojo, nous l'avons surnommé Sitting Bull. Il est fait d'une étoffe rare. Lui et moi préparons le prochain passage de grades du dojo. On espère que Youssou aura sa ceinture noire. On lui a concocté un programme difficile. Nous sommes presque sûrs que, s'ils sont pleinement présents ce jour-là, tous les candidats réussiront leur passage de grade. Ils se sont suffisamment préparés.

Point nul de l'errance

Dojo, place du Souvenir, 29 juin 2020

Nous nous entraînons sur le parking de la place du Souvenir. Cinq places de voitures suffisent pour effectuer les *kiyons* et les *katas*. Le dojo a grandi. À Youssou et Gnilane rescapés du dojo de Saint-Louis sont venus s'ajouter Alune, Fatou Kiné et ma nièce Iman. Elle a une pêche d'enfer. Récemment, Muhammad Sall, Rokhaya et Abdou Lahad nous ont rejoints. Nous sommes en temps de pandémie. Nous arrivons tôt le matin, courons sur la corniche ouest avec nos masques et revenons au point de départ de la course. Une fois arrivés au dojo, nous les enlevons et occupons tout l'espace. Nous nous échauffons et commençons le karaté. Le *budo* nous permet de respirer au grand air, de renforcer nos défenses immunitaires et de demeurer combatifs.

Les frontières sont fermées. Les vols commerciaux internationaux arrêtés. Hormis certains privilégiés qui ont toujours les moyens de prendre des vols spéciaux, la mobilité est entravée pour le reste du monde. Chacun est sommé de demeurer sédentaire. Le mouvement ne peut être qu'immobile. Être absorbé par un geste du *budo*, lire un livre, écrire un roman, rêver, voyager à travers un film. Explorer ses mondes intérieurs. Au dojo, nous sommes ensemble et seuls à la fois. L'art de la main vide s'est transmis et a essaimé à partir d'Okinawa depuis plus d'un siècle par le truchement de plusieurs maîtres. Il a ses origines en Chine. Enrichi, adapté, simplifié, il nous est parvenu. À notre tour, nous nous inscrivons dans la chaîne de sa transmission. Nous veillons à ce que le clair sentier du *shotokan* continue à grandir en se laissant enrichir par les pluies diluviennes, les vents du Sahel et les chemins de traverse qu'il prend. Le Tao-tö-king dit : « La voie qui est une voie n'est pas la voie ». Au point du jour, à chacun de trouver la sienne. Celle qui à la fois noue tous les chemins et les excède.

J'ai eu le loisir pendant ce temps de me demander pourquoi je voyageais. Pour goûter le monde, le connaître, élargir mes géographies, visiter mes semblables. Faire l'expérience d'une distribution aléatoire des événements et des expériences, rencontrer l'inattendu. On vient pour une chose et on se retrouve à en faire une autre ; la rencontre a finalement lieu ailleurs qu'initialement prévue. Dans ce bus à Jobourg en allant à la conférence, une belle discussion avec Maimouna Jallow sur l'éducation des enfants, débouche sur l'océan sans fin des questions spirituelles. Retrouver le sentiment que la vie est une expérience et qu'elle est un voyage entre des lieux inconnus. Quand arrêter les voyages : lorsque arrive la sensation de saturation. Trop de lieux, trop d'expériences à digérer et à métaboliser qui nécessitent une pause, un arrêt afin qu'elles décantent, se dissolvent et accroissent la sève. Mais le voyage ne s'arrête jamais. Ici, en face de l'océan, nous répétons des gestes anciens et pérégrinons au point nul de l'errance, là où mouvement et immobilité ne font plus qu'un.

La petite porte rouge

Nous sommes arrivés vers 12 heures à Niodior ce 14 juillet 2020. Le wharf de Mbine Maack est refait. Nous avons tous contribué. L'atmosphère de l'île est paisible. Niodior, jusque-là, a été préservée du coronavirus. Les gens vaquent librement à leurs occupations, sans masque. Depuis quatre mois, c'est la première fois que je serre des mains que l'on me tend. J'enlève mon masque, que je range. Il devient incongru et me singularise. L'île me donne le sentiment d'une bulle préservée de la fureur du monde. Boussoura est là, toujours dans son immuable rythme. Après les salamalecs d'usage et le repas de midi, dont je sais déjà que la saveur sera inoubliable, je me coucherai dans mon lit et sacrifierai à ma sieste habituelle. Celle que j'honore chaque fois que je reviens ici.

Trois heures d'un sommeil qui alterne entre phases légères et plongées profondes.

La petite porte bleue est devenue rouge. Elle a été repeinte. Dans le cimetière, des chèvres broutent les herbes hautes qui envahissent les tombes en ce début d'hivernage. J'en chasse une. La paix du lieu. L'humilité des tombes. Les gamins qui jouent au foot sur le terrain qui jouxte le cimetière. Cela fait déjà cinq ans et six mois. Je viens te dire au revoir. Je pars pour les États-Unis avec Gnilane, où je vais désormais vivre. Je vais enseigner à l'université de Duke, où j'ai obtenu un poste de professeur. Je te demande du Pays sans fin de veiller sur nous. Puissent ta paix et ta force nous accompagner.

Glossaire

Baraka : bénédiction.
Bikutsi : musique traditionnelle du Cameroun.
Boda-boda : moto-taxi en Ouganda.
Bolong : chenal d'eau salée.
Listikhar : prière de consultation musulmane au cours de laquelle les événements à venir sont indiqués.
Mbadatt : arbre de la famille des fromagers.
Moros : marabouts chez les Mandingues.
Ndut : initiation dans la tradition sérère.
Pangool : esprits ancestraux dans les religions sérères.
Raka : cycle de la prière rituelle musulmane.
Sakina : paix profonde.
Teranga : hospitalité sénégalaise.

Table

Cet ouvrage a été achevé d'imprimer
en novembre 2020 dans les ateliers de
Normandie Roto Impression s.a.s.
61250 Lonrai (Orne)

N° d'imprimeur : 2004259
Dépôt légal : janvier 2021
ISBN : 978-2-84876-854-0
Imprimé en France